KB062367

로크미디어가
유혹하는
재미있는 세상
ROK MEDIA
로크미디어

천외천의 주인

천외천의 주인 31

2023년 1월 9일 초판 1쇄 인쇄
2023년 1월 12일 초판 1쇄 발행

지은이 한수오
발행인 김정수 강준규

기획 이기헌 왕소현 박경무 강민구 조익현
책임편집 오영란
마케팅지원 이원선

발행처 (주)로크미디어
출판등록 2003년 3월 24일
주소 서울시 마포구 마포대로 45 일진빌딩 6층
Tel (02)3273-5135 **Fax** (02)3273-5134
홈페이지 rokmedia.com **E-mail** rokmedia@empas.com

값 9,000원

ISBN 979-11-408-0556-3 (31권)
ISBN 979-11-354-8621-0 04810 (세트)

한수오 신무협 장편소설

31

천외천의 주인

| 종횡무진縱橫無盡 |

차례

암중모색暗中摸索 (1)

"오늘 들어온 개방의 연락에 따르면 사나흘 사이 대략 팔백여 명의 규화개가 사망했거나 실종되었다고 합니다. 그것도 확인된 인원이 그런 것이고, 아직 연락이 닿지 않는 규화개가 다수인지라 실제 피해 인원은 더욱 불어날 것이라는 것이 취죽개 방주의 전언이었습니다. 다만 취죽개 방주는 무림맹의 지원을 정중히 사양했습니다. 이상입니다."

무림맹의 취의청이었다.

무림맹주인 소림사의 현각대사를 위시한 각대 문파의 존장들이 집결한 가운데, 단상에 나선 무림맹의 신임 군사 남궁유화는 벼락처럼 일어난 개방의 사태를 간단명료하게 설명하고 나서 뒤로 물러났다.

한층 더 무겁게 가라앉은 분위기 속에 현각대사가 물었다.

"취 방주가 무림맹의 지원을 사양한 이유는 아무래도 이번 사태가 무림맹을 노리는 성동격서(聲東擊西)일 수도 있다는 의심을 한 것일 테지?"

남궁유화가 수긍했다.

"그렇게 보입니다."

아미파의 장문인 금정신니가 조심스럽게 이의를 제기했다.

"놈들의 계획이 무림맹이 아니라 개방의 총타를 노리려는 수작이라고 볼 수도 있지 않을까?"

남궁유화가 이 또한 수긍하며 부연했다.

"그렇게도 볼 수 있습니다. 다만 취 방주님의 전언에 따르면 무림맹의 총단이 타격을 입는 것보다는 개방의 총타가 무너지는 게 낫다고 하셨습니다. 또한 둘 다 지키겠다고 전력을 분산했다가는 이도저도 아니게 어느 것도 지키지 못할 수 있으니, 차라리 개방의 총타를 버리는 게 낫다고도 하셨습니다. 개방의 총타는 개방의 방주가 자리는 곳이지 특정 지역을 지칭하는 것이 아니니 버리면 그만이라고 하시더군요."

현각대사가 너털웃음을 흘리며 취죽개가 말하고자 하는 핵심을 집어냈다.

"허허, 그 사람……! 하늘이 무너져도 자기는 얼마든지 살아남을 수 있다고 자부하는 모양이군그래."

"사정이 그렇다면 이제 진위를 가릴 일만 남았구려."

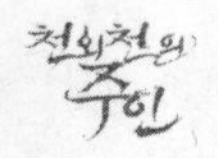

무당파의 장문인 자허진인이었다.

좌중의 시선이 쏠리자, 그가 재우쳐 다시 말했다.

"이번 사태를 과연 누구의 짓으로 봐야 하오? 저들의 행사가 워낙 전격적이고 지극히 은밀한 까닭에 아직 누구의 짓인지 밝혀지지는 않았으나, 빈도는 당최 마교의 짓으로 보이지 않아서 말이오."

좌중을 둘러보며 모두에게 건넨 질문이었으나, 대답은 단상의 한쪽에 물러나 있던 남궁유화의 입에서 나왔다.

"그 점에 대해서도 취 방주님의 언질이 있었습니다. 아직 확인된 바가 아니니, 조금 더 두고 살펴보겠다고 하셨지만, 제 개인적인 소견으로는 합당한 추론인 듯하여 말씀드립니다. 취 방주님께서는 흑도천상회를 의심하고 있습니다."

"……!"

"흑도천상회……!"

"이 시국에 그들이 왜……?"

좌중이 대번에 소란스러워졌다.

다들 도무지 상식적으로 납득할 수 없다는 반응이었다.

현각대사가 가볍게 탁자를 두드리는 것으로 좌중을 진정시키며 남궁유화를 향해 물었다.

"나름 합당한 이유가 있었겠지요?"

남궁유화가 가볍게 고개를 끄덕이며 대답했다.

"세 가지 근거를 드셨습니다. 우선 기본적으로 이번 사태를 일으킬 만한 마교의 병력이 중원으로 입성한 흔적이 없다는 것이고, 그다음으로 작금의 마교는 아직 이번 사태를 저지를 수 있을 정도로 개방의 체계를 파악하지 못했다는 것이며, 마지막으로 이번 사안 자체가 중원의 지리에 능통하지 않으면 절대 벌어질 수 없을 만큼 전격적으로 벌어졌기에 흑도천상회를 의심할 수밖에 없다고 하셨습니다."

그녀는 말미에 자신의 판단을 피력했다.

"저의 소견도 같습니다."

"그럴 만한 세력이 중원에 하나 더 있지요."

불쑥 뱉어진 누군가의 건의에 좌중의 시선이 한곳으로 쏠렸다.

말석에 앉아 있던 점창파의 금풍쾌검 여진소였다.

마교의 공격으로 무너진 점창파의 본산을 탈출한 여진소는 우여곡절 끝에 극소수의 정예들과 함께 무림맹에 합류해 있었는데, 자파가 무너졌다는 아픔이 커서인지 매사에 호전적인 인물로 변해 있었다.

그 여진소가 좌중의 시선을 무심하게 둘러보며 말을 덧붙였다.

"풍잔 말입니다."

좌중이 다시금 웅성거렸다.

여진소의 말에 어느 정도 동의하는지 고개를 끄덕이는 사람들이 적지 않았다.

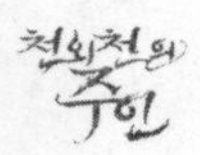

"그들은 아닙니다."
남궁유화의 부정이었다.
"그들은 아닙니다."
"군사가 그걸 어찌 그리 단정하지요?"
여진소가 말꼬리를 잡았다.
"그간 내내 강호무림에서 벌어지는 사태를 외면한 채 대문을 꼭꼭 걸어 잠그고 힘을 키우는 데 열을 올리고 있는 그들이 아닙니까. 그들의 속내가 어떤지는 그 누구도 짐작할 수 없으며, 실제로 그들이 나섰다면 이번 사태도 충분히 가능하리라고 보입니다만?"
"본인도 그 부분은 확실히 짚고 넘어가야 할 부분이라고 생각하오."
종남파의 장문인 부약도였다.
종남파의 본산이 괴멸당한 이후, 그 역시 매사에 민감한 것으로 유명했는데, 이번에도 여진소처럼 풍잔을 옹호하는 듯한 남궁유화의 발언에 예민하게 반응하고 있었다.
남궁유화가 대수롭지 않게 그런, 두 사람을 둘러보며 대답했다.
"지금 두 분께서는 어떤 일을 두고 누군가 그럴 능력이 있으니까 그 누군가가 그 일을 했을 것이라고 주장을 하는 것과 같습니다. 인과관계를 따지지 않고 '할 수 있고 없고'만을 따지는 것은 지극히 유아적인 발상에 불과합니다. 풍잔에게는 이번 일을 저지를 이유가 전혀 없습니다."

한 수 가르쳐 준다는 식의 말이 가뜩이나 호전적인 부약도와 여진소의 심기를 긁은 모양이었다.

부약도가 안색이 변해서 말했다.

"군사가 말하는 그 인과관계를 듣고 싶구려."

여진소가 적극 동조했다.

"저도 그렇소!"

남궁유화가 어디까지나 태연자약하게 말문을 열려는 참인데, 날카로운 목소리로 먼저 나서는 사람이 있었다.

"그럴 이유가 없다는데 그 이유를 밝히라고 하나? 밥상을 차려 줬으면 됐지 밥숟갈까지 들고 밥을 떠먹여 달라는 겁니까, 지금?"

무림맹이 구성한 네 개의 전위대 중 하나를 맡고 있는 남궁유아였다.

사내처럼 거칠게 탁자를 치고 일어난 그녀는 거침없이 부약도와 여진소를 번갈아 노려보며 재차 쏘아붙였다.

"그리고 풍잔이 강호무림의 사태를 외면한 채 대문을 꼭꼭 걸어 잠그고 자기들 힘만 키우는 데 열을 올린다고요? 다들 알 만한 분들이 왜들 이러실까 정말? 그간 강호무림이 그들의 도움을 얼마나 받았는지 정말 몰라서 그러는 겁니까?"

"대체 그들이 우리를 얼마나 도왔다고……!"

부약도가 발끈해서 외치며 일어나다가 문득 옆으로 고개를 돌렸다.

옆자리에 앉아 있던 소년, 종남파의 본산이 괴멸당할 당시 유일하게 살아남은 제자이자, 종남파 남몰래 총력을 기울여서 키우던 비밀 병기인 무장천이 그의 소매를 잡아당기고 있었던 것이다.

그 무장천이 어리둥절해하는 부약도의 시선을 어렵사리 마주하며 기어 들어가는 목소리로 말을 더듬었다.

"다, 당시 저를 구해 준 사람이 그, 그 사람이었습니다. 풍잔의 주인이라는 서, 설무백이요. 미리 말씀드리지 못해서 죄송합니다."

"……!"

부약도가 한 방 맞은 표정으로 멍하니 눈을 끔벅이다가 이내 스르르 자리에 앉았다.

수치로 붉어진 그의 얼굴이 모든 감정을 대변하고 있었다.

남궁유아가 대수롭지 않게 그런 부약도를 외면하고 시선을 돌려서 여진소를 향해 물었다.

"이 정도로는 부족하시나?"

여진소가 헛기침을 발하며 남궁유아의 시선을 외면했다.

여전히 불만스러운 표정이었으나, 더 나서는 것은 부약도에게 민폐를 끼치는 것이라 생각해서 물러나는 것처럼 보였다.

남궁유아가 그게 마뜩잖은 듯 이맛살을 찌푸린 채 좌중을 둘러보며 다시 말했다.

"그리고 다른 걸 다 떠나서 우리 무림맹이 강호무림의 일에 나서지 않는 그들의 태도를 탓할 입장은 아니라고 봅니다, 나는. 점창파와 종남파의 본산이 무너졌을 때, 더 나아가서 무당파와 화산파의 본산이 공격당했을 때, 여기 누가 나서서 그들을 도왔습니까?"

그녀는 새삼 거칠게 탁자를 치며 강하게 말을 이었다.

"아무도 돕지 않았습니다! 좋게 말해서 도울 수 있는 일이 아니지요! 불가항력이었다는 겁니다! 그런데 왜들 이러십니까? 누구는 돕지 않아도 되지만, 누구는 돕지 않으면 나쁜 놈이라는 얘깁니까? 내 얼굴에 묻은 똥은 안 보이고, 남의 얼굴에 묻은 재만 보인다, 이겁니까?"

좌중이 침묵했다.

부약도와 여진소가 가시방석에 앉은 사람처럼 안절부절 못했다. 다른 사람들도 대부분이 겸연쩍은 표정으로 딴청을 부리고 있었다.

"큼."

현각대사가 헛기침을 하며 나서서 분위기를 쇄신하기 위해 노력했다.

"그건 그런 것이고…… 에, 차제에 그들에 대한 오해는 없었으면 하는 바람이 있소. 저마다 사정이 있을 것이 아니겠소."

내내 다른 사람들과 달리 평정을 유지하고 있던 서문세가의 원로, 비검 서문하가 은근히 말꼬리를 잡고 나섰다.

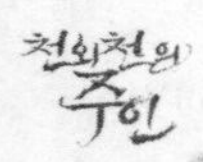

"그간 그들, 풍잔이 알게 모르게 강호무림의 일에 나서서 도움을 주었다면 차제에 그들을 무림맹의 일원으로 합류시키는 것은 어떻습니까? 그들이 비록 우리와 다른 흑도라고는 하나, 중원무림을 위하는 일인데, 흑백도의 구분을 지을 이유가 없지 않겠습니까?"

소리 없이 어수선하던 좌중의 시선이 일제히 현각대사에게 쏠렸다.

다들 바라마지 않는 듯 기대에 찬 눈빛이었다.

현각대사의 표정이 사뭇 곤혹스럽게 변했다.

실로 난감해서 어찌할 바를 모르는 표정이었다.

서문하가 이유를 모르겠다는 듯 어리둥절해하는 참인데, 남궁유화가 대신 나서서 대답했다.

"맹주님께서는 벌써 그리 처리했습니다. 그들이 호의적인 답변을 주면 여기 계신 모든 분들에게 공표할 생각이었지요. 하나, 거절당했습니다."

"……!"

실망이 크면 분노로 변하는 것이 인지상정이다.

선뜻 나서는 사람은 없었으나, 좌중의 분위기가 대번에 흉흉하게 변했다.

"안하무인(眼下無人)이로다!"

"이래서야 그들이 알게 모르게 강호무림을 도왔다는 말도 믿을 수 없지 않나?"

"다른 속셈을 가져서 그랬을 수도 있지요!"

남궁유아가 실로 어이없다는 눈빛, 이제야말로 졌다는 표정으로 좌중을 둘러보았다.

남궁유화가 좌중의 분위기에 전혀 동요하지 않고 차분한 목소리로 말문을 열었다.

"풍잔의 주인인 설무백, 설 대당가는 두 가지 이유로 우리 무림맹의 제안을 거절했습니다."

좌중이 조용해지며 남궁유화에게 시선을 집중했다.

잠시 뜸을 들인 남궁유화가 다시 말했다.

"그의 말을 그대로 전하면 첫째, 그간 마교의 동향과 행적으로 볼 때, 강호무림의 세력은 서로 도움을 주고받는 것은 몰라도, 한곳에 뭉쳐 있는 것은 절대 유리하지 않다. 둘째, 나는 아직 무림맹에 마교의 간자가 적지 않다고 본다. 이것이 설 대당가의 이유입니다."

장내가 찬물을 끼얹은 것처럼 조용해졌다.

설무백이 내세웠다는 첫 번째 이유는 나름 생각할 바가 적지 않다고 쳐도, 두 번째 이유가 실로 좌중의 마음을 뒤흔드는 것 같았다.

그때 고요한 장내에 예기치 못한 사태가 도래했다.

다급한 인기척이 들리며 취의청이 문이 열리더니, 무사 하나가 뛰어 들어온 것이다.

"매, 맹주님! 이, 이것이 맹주님의 거처에……!"

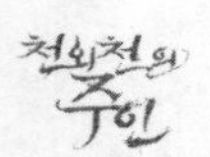

무사의 손에는 보자기에 싸인 작은 나무 상자 하나가 들려 있었다. 어리둥절해진 좌중의 시선이 나무 상자로 쏠리는 가운데, 현각대사가 그 나무상자를 탁자에 올려놓고 뚜껑을 열었다.

순간, 현각대사의 표정이 납덩이처럼 굳어졌다.

지근거리에 앉아 있던 사람들의 표정은 한술 더 떠서 경악으로 일그러졌다.

그럴 수밖에 없었다.

나무상자에 들어 있는 것은 수많은 엄지손가락 무더기 속에 파묻힌 곤륜파의 장문인 종학검선 운학인의 머리였다.

곤륜파는 중원무림을 벗어난 강호무림의 세력 중 마지막 보루였다.

즉, 곤륜파가 멸문지화를 당했다는 것은 이제 더 이상 관외나 세외에 자리한 무림의 세력은 없다는 뜻이었다.

무림맹의 회의는 그에 따라 두 시진이나 더 길게 이어졌으나, 결국 이렇다 할 결론조차 내지 못한 채 끝났다.

무의미한 성토와 토의에 지칠 때로 지친 남궁유화는 그야말로 녹초가 되어서 거처로 돌아왔다.

그러나 그녀의 일과는 아직 다 끝난 것이 아니었다.

거처로 돌아온 그녀가 미처 차 한 잔을 마시기도 전에 남궁유아와 희여산, 사공척 등 백선의 일원들이 그녀의 거처를 방문했다.

"따로 할 애기가 있을 것 같아서."

멋쩍게 웃는 남궁유아의 말에 이어 희여산이 바로 용건을 꺼냈다.

"곤륜파의 상황을 알려 줘야 하지 않을까?"

희여산이 상대가 누군지 생략했으나, 남궁유화는 당연히 누구를 염두에 두고 하는 말인지 알고 있었다.

"오지랖이에요. 우리의 연락이 닿을 때쯤이면 그도 이미 사태를 파악하고 있을 거예요. 그 정도 정보력은 가지고 있어요, 그 사람."

사공척이 어깨를 으쓱했다.

"그런가? 괜한 설레발이었군, 우리가."

남궁유화가 고개를 저었다.

"아니, 잘 왔어요. 안 그래도 부르려던 참이었어요."

남궁유아 등 세 사람의 이목이 그녀에게 집중되었다.

그녀가 한층 목소리를 낮추어서 다시 말했다.

"일전에 우백도장(右栢道長)을 만나서 조언을 구했는데, 말씀하시길 마기를 숨긴 마인을 인위적으로 색출할 수 있는 방법이 아주 없지는 않다고 하셨어요."

우백도장은 과거 모산파처럼 한 때는 구대문파의 하나로 꼽히기도 했을 정도로 뛰어난 명문도가였으나, 작금에 와서는 역

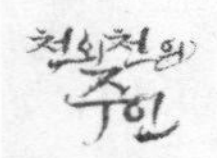

시나 모산파처럼 끝없는 쇄락의 길을 걸은 끝에 간신히 명맥을 유지하고 있는 나부파(羅浮派)의 당대 도통을 이은 도사였다.

"그래……?"

사내처럼 걸걸한 성격의 남궁유아가 관심을 보였다.

상대적으로 차가운 성격인 희여산도 시선을 모았고, 차분한 성격의 사공척도 눈을 빛내는 것으로 적잖은 관심을 드러냈다.

"어떻게?"

"부적으로요."

"부적으로……?"

남궁유아가 실망스러운 표정으로 의문을 제시했다.

"부적으로 그게 가능하나?"

남궁유화가 고개를 끄덕이며 힘주어 대답했다.

"가능하다고 했어요. 단, 우리만으로는 역부족이고, 우백도장이 직접 나서야 한다고 하더군요."

실망스러움을 드러냈던 남궁유아가 보란 듯이 노골적으로 이맛살을 찌푸렸다. 희여산과 사공척도 기대가 사라진 눈빛으로 남궁유화를 바라보고 있었다.

이해할 수 있는 반응이었다.

작금의 나부파가 가진 위상과 그 수장인 우백도장의 평판이 그들로 하여금 불신을 일으키는 것이다.

요컨대 도교의 문파는 수도의 방법에 따라서 네 가지 계파로 나뉘는데, 불사의 비약(秘藥)을 제조하여 복용해 신선이 되겠다는 연단파(燃丹破)와 귀신이나 산천의 신령을 모시고 주술 및 부적으로 사악한 기운을 다스리는 부록파(符籙派), 음양 화합 등의 방중지술을 이용해서 불로장생을 꿈꾸는 장생파(長生派), 단전 호흡과 도인술(導引術)을 수련하여 양생(養生)의 길을 추구하는 연기파(練氣派)바로 그것이다.

그런데 그들, 네 가지 계파는 작금에 와서 그 명암이 분명하게 갈렸다.

천하제일도가로 자리매김한 무당파나 검도 제일을 다투는 화산파처럼 성세를 누리는 연기파와 달리 나머지 세 개 계파는 몰락을 길을 걸었고, 나부파는 그중의 하나인 부록파였다.

세간에 나부파라는 이름보다 나부부록파라는 이름이 더 잘 알려져 있는 것이 그 때문인데, 불과 수십 명의 제자를 거느린 채 당대 나부파의 도통을 잇고 있는 우백도장은 세간에 해시신루(海市蜃樓)라는 별호로 유명했다.

해시신루, 즉 신기루 같은 사람이라는 뜻이다.

우백도장은 나부파의 명성을 되찾겠다는 기치를 내걸고 그처럼 허황된 말이나 일을 행하기 일쑤였고, 남궁유아를 비롯한 세 사람은 그와 같은 사실을 익히 잘 알고 있는 것이다.

못내 희여산 등과 시선을 교환한 남궁유아가 쩝쩝 입맛을 다시며 말했다.

"네가 우백도장에게 어떤 얘기를 들었는지는 모르지만, 그다지 믿음이 가지 않는 걸? 그 영감 그거 세간에 나무파의 이름을

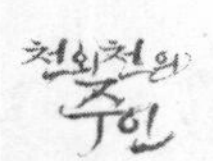

알릴 수만 있다면 백주대낮에 군중 앞에서 양잿물도 마실 수 있는 사람이잖아.”

사공척이 멋쩍게 웃는 낯으로 남궁유아를 거들었다.

“양잿물까지는 몰라도 똥물까지는 마실 수 있는 사람이긴 하죠.”

차가운 성격답게 더 없이 깔끔한 희여산이 몸서리를 치며 사공척을 향해 버럭했다.

“똥물이 더 심하잖아!”

사공척이 재빨리 사과했다.

한번 틀어지면 쉽게 풀리지 않는 희여산의 성격을 익히 잘 아는 사람의 대응이었다.

“에구, 제가 숙녀들 앞에서 말이 너무 지나쳤습니다. 구정물 정도로 바꾸지요. 아무튼, 구양 대주의 말에 동의한다는 얘깁니다. 저 역시 우백도장이 그 정도는 되는 사람이라고 들었거든요.”

남궁유화가 이런 반응이 나올 줄 이미 알고 있었다는 듯 대수롭지 않게 고개를 끄덕이며 말문을 열었다.

“도가의 문파들이 계파에 따라 흥망성쇠가 갈렸다고는 하나, 기실 그 어느 계파도 자파의 것만 전문적으로 익히고 수련하는 종파는 없어요. 두루두루 섭렵하고, 경우에 따라서는 다른 계파의 것도 매우 심도 있게 파고드는 경우가 흔하지요. 다만……!”

은근히 말꼬리를 늘이며 분위기를 쇄신한 그녀는 자분자분한 목소리로 말을 이어 나갔다.

"이제는 유명무실해진 모산파와 나부파는 같으면서도 다른 측면으로 몰락의 길을 걸었는데, 모산파는 주류를 벗어난 강시대법에 너무 깊이 빠져서, 나부파는 주류인 주술과 부적에 너무 깊이 몰두한 나머지 쇠락했지요."

그녀는 의미심장한 미소를 지으며 고개를 저었다.

"하지만 사마외도(邪魔外道)에 가깝다는 욕을 먹으면서도 꿋꿋이 전승하고 전승되는 그들의 비의(秘義)에는 실로 심원한 부분이 있어요. 문외한이 볼 때는 우스울 정도로 말이 안 되는 장난처럼 보이지만, 그건 극의에 달하지 못해서 혹은 극의에 달하기 위한 발악이 표출된 것일 뿐, 결코 무시할 것이 아니에요. 해서, 저는 딱히 무림맹의 간자를 색출하려는 이번 일이 아니라도 앞으로 접할 마교의 마공이기를 조금이라도 제대로 대적하려면 나부파의 주술과 부적이 절대적으로 필요하다고 생각해요!"

단호한 느낌이 강한 어조로 말을 끝맺은 남궁유화는 동의를 구하는 눈빛으로 세 사람을 둘러보았다.

남궁유아가 바로 두 손을 들고 수긍하며 다른 두 사람을 번갈아 보았다.

"머리 좋은 네가 그렇다면 그런 것이겠지. 그럼 난 찬성."

희여산이 어깨를 으쓱하며 심드렁하게 동의했다.

"필요하다면……."

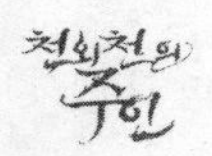

사공척이 어색한 표정으로 고개를 끄덕이는 것으로 수긍하고는 못내 한숨을 내쉬었다.

"나와는 부딪칠 일이 없었으면 좋겠군. 나와는 완전히 다른 감성의 소유자라 마주하기가 영 불편해서……."

남궁유아가 말꼬리를 잡고 눈총을 주었다.

"너는 완전히 같은 감성이라고 박박 우기던 용수담, 용 대협하고도 아무런 진전이 없잖아?"

사공척이 헛기침을 하며 대꾸했다.

"조만간 성과가 있을 거요."

"조만간?"

남궁유아가 자못 게슴츠레하게 변한 실눈으로 사공척을 바라보며 대놓고 구박했다.

"네가 알아서 하겠다고 장담하며 나선 그때가 벌써 언제냐? 얼추 적어도 한 달 보름은 넘은 것 같은데, 대체 조만간 언제? 혹시 네 조만간은 해를 넘기는 거냐?"

사공척이 더는 찍소리도 못하고 남궁유아를 외면한 채 남궁유화를 바라보며 말했다.

"용 대협이 워낙 오랫동안 은둔 생활을 해서 그런지 동문들과의 소통조차 지극히 제한적으로 하고 있소. 무림맹의 요직도 마다하고 뒷전에 물러나서 후원 골방에만 틀어박혀 있는 것만 봐도 알 수 있지 않소. 그러니 조금만 더 기다려 주시오. 영 자연스러운 만남의 기회를 찾을 수 없겠다 싶으면 내가 담이라도 넘어서 단판을 짓도록 하겠소."

남궁유화가 빙그레 웃으며 대답했다.

"알았어요. 대신 조급하게 서두르면 더욱 일을 그르칠 가능성이 높으니, 담을 넘는 일은 없도록 해요."

사공척이 따라 웃으며 고개를 끄덕였다.

"말이 그렇지 어디 뜻이 그렇겠소. 최대한 다른 방향의 길을 모색하고 있다는 소리니, 그런 걱정은 마시오."

남궁유아가 기다렸다는 듯이 나서며 그런 사공척을 대놓고 손가락질하면서 남궁유화를 향해 말했다.

"유화, 너 자꾸 재 이렇게 봐주고 그러면 안 돼. 저번에 화산에 적이 침입했다는 얘기를 들었을 때도 재 저거 하던 일 내팽개치고 달려가려는 거 내가 막았어. 책임 의식이 아주 희박한 애야, 재."

"그때는……!"

사공척이 발끈해서 험악하게 인상을 쓰며 나서다가 이내 그만두었다.

남궁유아가 어디 한번 해 볼 테면 해 보라는 듯이 그보다 더 험악하게 인상을 쓰며 노려보고 있었기 때문이다.

이러니저러니 해도 사공척은 남궁유아에게 한 수 양보할 수밖에 없는 위치인 것이다.

그래도 사나이 자존심에 그냥 곱게 물러날 수는 없었다.

"관둡시다. 사내대장부가 아녀자를 이겨서 뭐 하겠소."

남궁유아가 헛웃음을 흘리고는 이내 사뭇 음흉스러운 눈빛으로 게슴츠레하게 사공척을 바라보며 물었다.

"너 내가 여자로 보이냐?"

사공척이 당황하며 진땀을 흘렸다.

"아, 그러니까, 그게 내 말은 그 뜻이 아니라, 사내대장부로서……!"

"그래, 사내대장부!"

남궁유아가 더 듣지 않고 말을 끊으며 재우쳐 물었다.

"이럴 게 아니라 그럼 너 사내대장부로서 나랑 한번 잘래?"

"……!"

사공척이 한 방 맞은 기색으로 굳어지며 꿀꺽 소리가 나도록 마른침을 삼켰다.

남궁유아가 그 모습을 보고 사내처럼 히죽 웃으며 다가갔다.

"역시 사내대장부. 사내라고 침까지 삼키네?"

사공척이 재빨리 손을 들어서 자신의 입을 막으며 뒷걸음질 했다.

남궁유아가 사뭇 음충맞은 기소를 흘리며 다가가고, 사공척이 새파랗게 질려서 뒷걸음질 치는 가운데, 남궁유화가 슬쩍 손을 내밀어서 희여산의 어깨를 건드리며 밖으로 나섰다.

"그냥 내버려두고 나와요. 나랑 잠시 같이 가 볼 데가 있어요."

희여산이 늘 그렇듯 냉정한 눈빛 가운데 일말의 의혹을 품은 채 남궁유화의 뒤를 따라서 밖으로 나서며 물었다.

"어디?"

남궁유화가 거처인 전각을 나서며 대답했다.

"어디긴요. 우백도장을 만나러 가는 거지. 쇠뿔도 당김에 빼라는 말 몰라요?"

"그 영감을 만나러 가는데 내가 왜 필요해?"

"그 영감님이 정말 머리에 생각이 많은 영감님이라서요."

"……?"

남궁유화는 고개를 갸웃거리는 희여산을 빙그레 웃는 낯으로 바라보며 부연했다.

"그냥 내 옆에서 지금처럼 무게만 좀 잡아 줘요. 생각 많은 그 영감님이 내가 요구하는 방향과 다른 생각이나 계획을 가지지 못하도록 말이에요. 그런 쪽으로는 언니가 딱이잖아요."

"……언니?"

"언니 아닌가?"

얼음장 같던 희여산의 얼굴이 피식 녹았다.

그 얼굴을 보이고 싶지 않는 것처럼 그녀는 얼른 돌아서며 말했다.

"아무튼, 그런 건 내가 잘하긴 하지."

그리고 재촉했다.

"가자, 어서!"

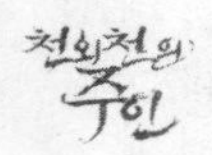

우백도장은 창백한 안색과 눈가에 진 그늘이 어딘지 모르게 음침해서 거리감이 느껴지는 인상이었다.

게다가 그 인상에 아래로 길게 늘어진 소매가 인상적인 화사한 백색의 도포를 걸치고, 머리에는 태극건(太極巾), 손에는 재초(齋醮;도교의 제사)나 주법(呪法)을 행할 때는 사용할 듯 보이는 화려한 태극선(太極扇)을 들고 있어서 마치 나찰이 선인의 복장을 하고 있는 것처럼 부조합의 극치였다.

그런 사람이 웃음은 또 많았다.

"하하, 어서 오시오, 남궁 군사. 벌써부터 이제나 저제나 하고 애타게 기다렸는데, 이제야 오셨구려. 하하……! 자, 자. 이쪽으로……! 하하하……!"

정주부의 도심을 벗어나서 성문 밖 모처에 자리한 작은 객잔의 객청이었다.

먼저 와서 기다리다가 안으로 들어서는 남궁유화 등을 맞이하는 우백도장은 무엇이 그리 좋은지 만면에 웃음이 가득했다.

희여산이 나직이 뇌까렸다.

"소문보다 더 재밌는 사람이네?"

남궁유화가 쓰게 웃으며 말을 받았다.

"웃음이 좀 헤픈 사람이죠?"

희여산이 고개를 저었다.

"아니, 그게 아니라 다른 거……."

"예?"

남궁유화가 고개를 갸웃했다.

이미 거무칙칙한 얼굴의 노도사인 상대, 우백도장의 면전에 도착한 상태였으나, 그녀는 상관하지 않고 물었다.

"다른 거라니요?"

희여산이 대답 대신 차갑게 식은 눈빛으로 남궁유화만큼이나 어리둥절해하는 우백도장을 응시하며 말했다.

"애들 불러내지? 난 누가 숨어서 지켜보는 거 딱 질색이거든?"

우백도장이 대번에 태도가 변해서 두말없이 고개를 끄덕이며 수긍했다.

"아, 그러시구나! 그렇다면 그래야지요! 애들아, 희 여협께서 거북하시단다! 어서 당장 물러가거라!"

대답은 없었다.

대신 객잔의 객청을 기점으로 사방의 암중에 은신해 있던 네 사람이 기민한 행동으로 사라졌다.

우백도장이 그 순간에 기다렸다는 듯이 예의 웃는 낯으로 그녀들에게 자리를 권했다.

"이쪽으로 앉으시지요."

남궁유화가 자리에 앉으려고 움직이다가 멈추었다.

슬쩍 내밀어진 희여산의 손이 그녀의 소매를 잡았기 때문이다.

희여산이 그 상태로 우백도장을 노려보며 손가락을 들어서

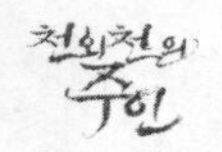

천장을 가리켰다.

"재는 갈 생각이 없는 것 같은데, 내가 죽여도 되나?"

주변의 암중에 은신하고 있던 자들은 다섯 명이었다.

그들 중 넷은 우백도장의 명령과 함께 사라졌으나, 천장에 있던 하나는 그대로 남아서 숨죽이고 있었던 것이다.

우백도장이 기다렸다는 듯 벌컥 화를 냈다.

희여산이 아니라 천장을 노려보면서였다.

"이놈! 감히 존장의 명령을 무시해도 유분수지, 어찌 감히 손님들 앞에서 이렇듯 존장의 얼굴에 먹칠을 할 수 있단 말이냐! 어서 당장에 사라지지 못할까!"

우습지도 않은 기만이었다.

우백도장이 남아 있던 제자의 존재를 몰랐다는 것은 말이 안 되는 것이다.

이유야 어쨌든, 가식적이긴 해도, 추상같은 우백도장의 일갈이 뱉어지기 무섭게 천장에 은신해 있던 기척이 재빨리 사라졌다.

우백도장이 그제야 보란 듯이 어색한 미소를 흘리며 혼잣말로, 하지만 당연하게도 희여산에게 들으라는 듯이 중얼거렸다.

"당최 요즘 것들은 존장의 말조차 개무시하니, 나 원 참……!"

그러다가 그는 문득 떠올랐다는 표정으로 어색한 미소를 흘리며 남궁유화를 향해 말했다.

"아, 참고로 전에 둘이 만날 때는 재들과 함께 오지 않았소.

이번에도 그랬으면 좋았을 것을 그랬소이다. 하하하……!"

남궁유화가 슬쩍 희여산을 쳐다보며 한숨을 내쉬었다.

"내가 다 민망하네. 그냥 돌아갈까?"

"……!"

우백도장이 화들짝 놀랐다.

"아니, 늙은이 서운하게시리 무슨 그런 섭섭한 말씀을……!"

희여산이 서릿발처럼 싸늘한 눈빛을 드러내는 것으로 우백도장의 말문을 막으며 남궁유화의 어깨를 두드렸다.

"필요한 사람이라며? 일단 한번 써 봐. 정말 요긴한 건지 아닌지는 그다음에 경과를 보고 결정해도 늦지 않으니까. 아, 그 전에……!"

싸늘하게 우백도장을 주시하던 그녀의 눈빛에 섬뜩한 살기가 서렸다.

그 상태로, 그녀는 넌지시 말을 건넸다.

"영감님? 아니, 대나부부록파의 장문방장님? 다음에는 오늘과 같은 결례 절대 용납하지 않겠습니다. 제발 부탁인데, 저 앞으로도 지금처럼 선배에 대한 예의 지키며 살 수 있도록 해 주세요. 예?"

우백도장이 잔뜩 굳은 표정으로 입으로만 웃으며 고개를 끄덕였다.

"여, 여부가 있겠소. 앞으로 오늘과 같은 결례는 절대 없을 거요. 내가 장담하리다!"

희여산은 그제야 슬며시 뒤로 물러나며 새삼스럽게 남궁유화의 어깨를 두드렸다.

남궁유화가 그제야 앞으로 나서며 자못 냉담해진 표정으로 우백도장을 향해 말했다.

"일전에 제가 말씀드린 얘기를 수용할 생각이 있어서 오늘 만남에 응한 것이겠죠?"

우백도장이 자못 호탕하게 웃으며 대답했다.

"하하, 그야 당연한 것 아니겠소. 하하하……!"

남궁유화가 표정을 풀지 않고 물었다.

"그래, 대가는 무엇을 원하시네요?"

우백도장이 어색하게 변한 웃음을 흘리며 대답했다.

"빈도는 지극히 현실적인 사람이오. 해서, 현실적으로 따져 본 결과, 우리 나부파가 과거의 명성과 영화를 되찾기 위해서 가장 필요한 것은 아무리 생각해 봐도 역시……!"

"돈이겠죠."

남궁유화가 대뜸 말을 자르며 당연히 그럴 줄 알았다는 듯한 표정으로 재우쳐 물었다.

"얼마가 필요하세요?"

우백도장이 선뜻 대답하지 않고 울상을 지으며 혼잣말로, 하지만 당연히 들리는 목소리로 중얼거렸다.

"돌이켜 보면 우리 나부파의 식구들은 참으로 절제하고 또 절제하며 살면서도 그 흔한 제기(祭器)조차 새로 사지 못한 채 쪼개지고 갈라진 선사들의 유품을 닦고 또 닦아서 쓰며, 굶주림까지는 아니지만, 전혀 풍족할 수 없는 살림 속에 세속의 향락을 등지고서……."

"저기……?"

남궁유화가 한숨을 내쉬며 잘라 물었다.

"그래서 얼마요?"

우백도장이 조금은 무안하다는 기색이 서린 표정으로 웃으며 대답했다.

"황금 오백 냥 정도면 적당하지 않을까 하는 소신을 가지고 있소. 이번 일의 경우 혈부적(血符籍)을, 즉 빈도를 비롯한 제자들의 피를 써야 하는 부분도 있으니, 그야말로 헐값이지요."

뒤로 물러나 있던 희여산이 생양아치, 혹은 날강도를 보듯이 우백도장을 바라보았다.

반면에 남궁유화는 두말없이 고개를 끄덕이며 손가락을 튕겼다.

"가지고 들어와."

객잔의 문이 열리며 각기 두 손에 작은 상자를 든 노인 하나가 들어왔다.

눈에 띄지 않게 허름한 평복을 해서 희여산도 바로 알아보지 못했으나, 바로 남궁세가의 오랜 가신인 개벽신수 선우백이었다.

그 선우백이 들고 온 두 개의 상자를 우백도장의 면전에 있

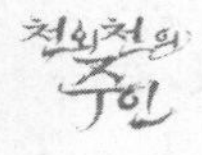

는 탁자에 올려놓고 조용히 밖으로 나갔다.

남궁유화는 선우백이 밖으로 사라질 때까지 기다렸다가 우백도장을 향해 눈짓으로 탁자에 놓인 두 개의 나무상자를 가리켰다.

우백도장이 기대에 찬 눈빛으로 두 개의 나무상자 중 하나를 열었다. 그리고 눈이 튀어나올 것처럼 커졌다.

나무상자에는 배 모양으로 생긴 열 냥짜리 금덩어리가, 이른바 금원보(金圓寶)가 차곡차곡 쟁여 있었다.

"한 상자에 삼백 냥씩, 두 상자니까, 황금 육백 냥이에요. 명실공히 나부파의 전력이 사용되는 일인데, 헐값에 쓸 수는 없지요."

우백도장이 그녀의 말과는 상관없이 상자에 담긴 금빛의 위력, 황금이 주는 위압감에 홀린 표정으로 고개를 끄덕이며 대답했다.

"감사하고, 또 감사한 일이외다."

"그럼 전에 제가 약속한 대로 도장께 이번 일의 전권을 일임할 테니, 잘 부탁해요."

"여부가 있겠소. 그 점에 대해서는 장담할 테니, 염려 붙들어 매시구려. 암, 염려할 필요가 없고말고요."

우백도장은 꼬박꼬박 대답은 하면서도 시선은 여전히 황금에서 떼지 못하고 있었다.

완전히 홀린 표정이었다.

남궁유화는 우습지도 않은 우백도장의 태도에 한마디 쏘아붙여주고 싶은 마음이 굴뚝같았으나, 애써 참고 억누르며 작별을 고했다.

"그럼 저는 이만……!"

"멀리 안 나갈 테니, 일에 대한 걱정은 마시고, 살펴가시오."

우백도장의 시선은 여전히 황금에 고정되어 있었다.

희여산이 그 모습에 울컥한 듯 쌍심지를 곧추세우고 있었다.

남궁유화는 그런 희여산의 소매를 잡아당기며 재빨리 객잔의 밖으로 나섰다.

희여산이 누가 뭐래도 황금에서 시선을 떼지 못하고 있는 우백도장을 노려보는 채로 질질 끌려 나갔다.

우백도장은 그에 아랑곳하지 않고, 그녀들이 밖으로 나가든 말든 전혀 신경 쓰지 않는 모습으로 시종일관 나무상자의 황금을 매만지며 황홀한 표정을 짓고 있었다.

그러나 정확히 그 순간까지였다.

우백도장은 남궁유화와 희여산이 밖으로 사라지자, 이내 안색이 변하고 표정이 바뀌어서 털썩 의자에 주저앉으며 한숨을 내쉬었다.

"이 짓도 오래 해 먹을 짓은 못 되는구먼!"

때를 같이해서 우백도장의 뒤쪽에 미세한 바람이 불더니, 이내 홀연히 해골바가지처럼 바싹 마른 몰골에 검은 안대로 한쪽 눈을 가린 애꾸눈 사내 하나가 나타났다.

바로 혈영이었다.

"아닌데? 아무리 봐도 아까 그 모습이 본색으로 보이던데?"

우백도장이 발끈하는 모습으로 의자를 돌려서 혈영을 마주하며 죽는 소리를 했다.

"아니, 내 말은 어느 것이 본색이든지 간에 면전에서 사람을 기만하는 게 쉬운 일은 아니다 이거요. 봐요, 봐!"

그는 손바닥으로 자신의 이마를 훑어서 내보였다.

"이 흥건한 땀! 여차했으면 들킬 뻔하질 않았소! 그나마 나나 되니까 임기응변으로 능숙하게 넘어갔지 다른 사람 같았으면 어림도 없었을 거외다!"

혈영이 문득 냉정하게 말했다.

"아무리 그래도 더는 없소."

"……!"

우백도장의 얼굴이 휴지처럼 구겨졌다.

혈영이 그러거나 말거나 뚜벅뚜벅 다가가서 금원보 상자 하나를 어깨에 들쳐 메고 다른 상자에서 따로 열 개의 금원보를 빼서 주머니에 챙기며 말했다.

"약속대로 황금 이백오십 냥을 제외한 나머지는 다 내 것이니까 가져가겠소."

우백도장이 입가를 씰룩이고 눈가에 경련을 일으키며 투덜거렸다.

"거지 똥구멍에서 콩나물을 빼먹지, 늙은이가 말발로 몇 푼 더 받은 것까지 가져가나 그래?"

혈영은 그러거나 말거나 챙길 것 다 챙기고 나서 밖으로 나가다가 문득 서서 우백도장을 돌아보았다.

우백도장이 흠칫 놀라며 주절주절 말했다.

"아니, 난 그냥 그저 하는 말이지. 정말이야. 다른 의미는 없어. 습관이고 말버릇이지 다른 억하심정이 있는 것은 전혀……!"

"그게 아니라……."

혈영은 무심하게 잘라 말했다.

"이번 일 제대로 하시라고. 내가 정말 걱정돼서 그렇소. 농담이 아니라, 괜히 그 일 잘못 처리했다가는 나부파라는 이름 자체가 이 세상에서 사라지는 수가 있으니까."

"……!"

우백도장이 적잖게 긴장한 표정으로 소리가 나도록 꿀꺽 마른침을 삼키며 물었다.

"자네 주군이라는 사람이 그리 말했다는 건가? 이번 일을 제대로 하지 못하면 우리 나부파를 그리 처리한다고?"

"주군께서 그런 말을 하시지는 않았소."

"그런데 왜 그런 말을……?"

"느낌 아니까."

혈영이 싸늘하게 히죽 웃으며 부연했다.

"내가 또 다른 사람은 몰라도 우리 주군의 생각은 기가 막히게 잘 읽는다오. 그러니 열심히 아니, 열심히는 누구나 다 할 수 있는 거니까 별로 중요하지 않고, 잘해야 할 거요, 이번 일. 적어도 남궁유화 소녀의 마음에 들게끔. 그럼 나는 이만……!"

우백도장이 복잡 미묘하게 일그러진 눈빛, 당장이라도 울 것 같은 표정으로 절레절레 고개를 흔들며 장탄식했다.

"젠장, 자신 있는데 겁나네!"

암중모색暗中摸索 (2)

나부파의 우백도장과 헤어지고 객잔을 나선 혈영은 인근 모처에서, 정확히는 방금 자신이 나선 객잔이 한 눈에 보이는 언덕에서 기다리다가 객잔을 벗어나는 우백도장을 확인하고 나서 다시 객잔으로 돌아갔다.

우습지 않게도 우백도장이 나갈 때까지도 문가의 회계대에 앉아서 무력한 모습으로 졸고 있던 객잔의 장궤가 멀쩡하게 깨어나서 웃는 낯으로 고개를 숙이며 혈영을 맞이했다.

"오셨습니까."

혈영은 그런 장궤의 태도와 상관없이 어깨에 짊어지고 있던 금괴를 회계대에 내려놓으며 말했다.

"이건 석 문주에게 보내서 필요한 곳에 쓰라고 하고, 주군께는 말씀하신 대로 나부파의 우백도장과 남궁유화를 잘 엮어 주었다고 전해 줘.”

중년의 장궤는, 바로 하오문에서 일청도인과 마찬가지로 구룡자 바로 아래 서열을 형성하는 십이재의 하나인 노담(老錟)은 두말없이 고개를 숙이며 대답했다.

“알겠습니다!”

혈영의 태도도 노담과 다르지 않았다.

그도 그것으로 끝, 더 이상 다른 말없이 밖으로 나섰다.

그가 아는 노담의 일처리는 더 없이 신속했으며, 단 한 번의 실수가 없었을 정도로 완벽했기 때문인데, 역시나 이번에도 그랬다.

밖으로 나선 혈영은 불과 몇 걸음 걷기도 전에 객잔의 지붕에서 날아오르는 전서구를 확인할 수 있었다.

“그나저나, 우백도장, 그 영감이 정말 그렇게나 쓸 만한 인물인가?”

작금의 강호무림에서 나부파만큼이나 유명무실한 방파도 드물다.

그런 방파의 존장에게 능력이 있다면 얼마나 있을 것이라고 무림맹과, 그것도 남궁유화와 연결시켜 주라는 것인지 혈영은 실로 알 수가 없었다.

그러나 그게 다였다.

그것을 지시한 사람이 설무백인 이상, 의심이 아니라 의문일

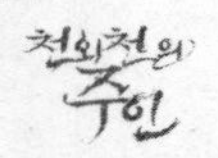

뿐이다.

혈영에게 있어 설무백의 판단은 진리이며, 설무백의 명령은 세상 모든 것보다 우선시해야 할 법칙인 것이다.

"뭐, 아니면 아닌 대로 이유가 있을 실테지."

혈영은 의심의 여지없이 당연히 그럴 것이라고 생각하며 객잔의 지붕에서 날아오른 전서구가 저 멀리 서쪽 하늘로 사라지는 모습을 확인했다.

그리고 그 순간과 동시에 그 자리에서 사라졌다.

본래의 자리인 암중으로 스며들어 무림맹으로, 정확히는 남궁유화의 아들이 생활하는 무림맹의 별채로 돌아가는 것이다.

노담이 보낸 전서구가 풍잔에 도착한 것은 그로부터 이틀이 지난날의 저녁이었다.

다만 전서구의 내용을 확인한 제갈명은 다른 전서구의 전통에 그 서신을 그대로 넣어서 날려 보냈다.

그 전서의 내용을 들어야 할 설무백이 영내에 없기 때문인데, 그렇게 제갈명의 날린 전서구는 동쪽으로 날아서 섬서성의 성 경계를 넘어들어 갔고, 동이 트는 새벽이 되자, 섬서성 동부의 중견 도시인 산양부(山陽府)의 외각에 자리한 이를 모를 반점으로 내려앉았다.

잠결에 푸드득 거리는 전서구의 날갯짓을 듣고 창가의 전서구를 확인한 사람은 반점의 주인인 사십대의 중년사내, 학산(鶴産)이었다.

학산은 즉시 전통만을 빼서 품에 갈무리하며 전서구를 한쪽에 놓인 우리에 넣고 먹이와 물을 주었다. 그리고 서둘러 의복을 걸치고 밖으로 나가서 이제 막 청소를 시작한 점소이에게 물었다.

"어디에 계시냐?"

점소이가 눈치 빠르게 대답해 주었다.

"북문 쪽 단자가(緞子街)의 소향루(燒香樓)에서 여전히 녹교(勒橋) 패거리들을 살피고 있습니다."

"알았다."

학산은 두말없이 돌아서서 반점을 나섰고, 점소이가 알려 준 북문가의 소향각으로 달려갔다.

단자가는 산양부의 빈민가이고, 소향각은 그 빈민가의 초입에 자리 잡은 아담한 주루이며, 녹교는 북문가와 단자가의 경계인 실개천을 가로지른 작은 교량이었다.

따라서 녹교 패거리라 함은 바로 거지들을 의미했다.

산양부에서 사발 농사를 짓고 사는 거지들이 녹교 아래 실개천을 따라 초막을 짓고 모여 사는 것인데, 아는 사람만 아는 얘기지만 그들 중에는 개방의 무리도 섞여 있었다.

학산이 바로 그곳, 녹교 아래 거지들의 초막이 한 눈에 내려

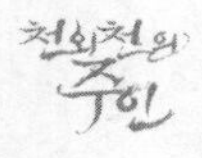

다보이는 소향루의 상층부에 자리한 내실에 도착했을 때, 그 방의 주인인 설무백은 어제와 같은 모습으로 창가의 다탁에 앉아서 창밖으로 보이는 녹교의 전경을 살피는 중이었고, 공야무륵이 나서서 그를 맞이했다.

"이 시간에 무슨 일이오?"

학산은 거두절미하고 소맷자락 속에 갈무리하고 있던 전통을 꺼내서 내밀었다.

"풍잔에서 보내온 전서입니다. 전통을 보니 노담이 보낸 전서로 보입니다."

하오문 내에서 십이재의 하나인 노담의 이름을 아무렇지도 않게 부를 수 있는 사람은 그리 흔치 않지만, 학산이 그중의 하나였다.

그 역시 십이재의 하나이기에 가능한 일이었다.

공야무륵이 전통을 받아서 창가의 다탁에 앉은 채로 학산에게 손을 들어 보이는 것으로 인사를 대신하고 있는 설무백에게 가져다주었다.

설무백이 전통을 열어서 안에 든 전서의 내용을 확인하며 피식 웃었다.

"혈영이 우백도장을 많이 불신하는가 보군. 노담이 보기에 잘하면 한 대 칠 것 같은 눈빛이라는데?"

공야무륵이 의외라는 표정을 드러냈다.

"그 친구 어지간해서는 속내를 잘 드러내지 않는데, 우백도장이 그 정도나 쓰레기인가요?"

설무백은 새삼 피식 웃고는 수중의 전통과 전서를 삼매진화(三昧眞火)로 태워 버리며 말했다.

"쓰레기는 아닌데 쓰레기처럼 보이지."

공야무륵이 물었다.

"그 정도로 심계가 보통이 아닌 자라는 건가요?"

설무백이 대답에 앞서 웃는 낯으로 쳐다보며 고개를 끄덕이는 것으로 학산을 내보냈다.

학산이 묵묵히 공수하며 밖으로 나가자, 그는 의미심장하게 말했다.

"나부파는 이 시절이 지나면 아니, 어쩌면 이 시절 내에 과거의 영화를 되찾을지도 몰라."

"과거의 영화라면……?"

공야무륵이 무심코 반문하다가 이내 눈이 커졌다.

"설마 나부파가 구대문파의 자리를 꿰찰 거라는 소립니까? 우백도장이 그렇게나 대단한 인물이에요?"

"그도 그렇지만, 그 밑에 있는 제자들이 다들 훌륭하지. 그중의 하나는……!"

설무백은 무심결에 대답하다가 한순간 안색이 변하며 두 눈을 유성처럼 빛냈다.

"왔다!"

공야무륵도 바로 반응해서 창가로 붙었다.

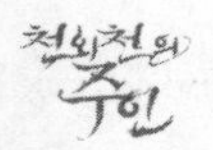

과연 설무백의 말마따나 창가로 내다보이는 녹교의 전경이 소리 없는 긴장감에 휩싸이고 있었다.

본디 녹교를 기점으로 좌측인 북문가는 시간에 상관없이 거리의 불빛으로 불야성을 이루고, 우측인 단자가는 언제나 어스름 저녁처럼 어둡고 침침한 분위기였다.

그런데 이제 막 새벽이 깨어나서 동녘하늘이 희뿌옇게 밝아지는 참인데, 녹교의 주변이 사방팔방 휘황한 불빛에 휩싸이고 있었다.

난데없이 사나운 수십 명의 장정들이 저마다 손에 횃불을 쳐든 채 녹교 주변을 에워싸기 시작한 것이다.

공야무륵이 그 모습을 유심히 훑어보며 물었다.

"저 정도 병력이 난리를 치는데, 포도아문(捕盜衙門)은 뭐하고, 군사들은 또 왜 코빼기도 안 비치는 거죠?"

설무백은 대수롭지 않게 대꾸했다.

"폐하의 명령이야. 강호무림의 싸움에는 절대 나서지 마라. 흑백도를 막론하고 어떤 방회 소속이든 사후 보고만 한다면 묵인해 줘라. 우리의 눈은 내부보다는 외부를 주시하고 적시하는 것이 이롭다. 이러셨지?"

공야무륵이 놀라서 물었다.

"주군은 그걸 어찌 그리 세세히 아십니까?"

설무백이 피식 웃으며 대꾸했다.

"내가 그렇게 부탁했거든."

"아……!"

공야무륵이 실로 어처구니가 없다는 표정으로 굳어졌다.

너무 황당해서 믿을 수 없지만, 그 말을 한 사람이 설무백이라 믿지 않을 수도 없었는지 애매하게 굳어진 표정이었다.

"왜? 안 믿어져?"

"아니요, 믿습니다. 다른 사람이 말했으면 뺨이라도 한 대 후려갈겼을 테지만, 주군의 말인데 믿어야죠. 흐흐……!"

공야무륵은 멋쩍게 웃으며 말문을 돌렸다.

"그보다 재들 쾌활림의 흑사자들이 맞나요?"

설무백은 장담했다.

"틀림없어."

공야무륵이 새삼 고개를 갸웃하며 물었다.

"대체 놈들이 여기로 저렇듯 대놓고 병력을 동원할 것이라는 사실은 또 어떻게 아신 겁니까?"

설무백은 창밖으로 보이는 녹교 주변의 움직임을 예의 주시하는 상태로 대수롭지 않게 대꾸했다.

"별거 아니야. 여기 녹교 패거리의 화자두인 철산개(鐵傘丐)는 보통이 아니거든."

"보통이 아니면 더욱 은밀한 자객을 보내야 하는 거 아닌가요?"

"여기가 일반적인 방파의 영내와 같았다면 그랬을 테지. 하지만 여기는 야전의 군영처럼 아니, 그보다 더 다닥다닥 붙어서

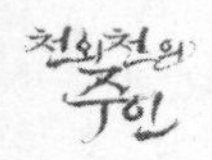

초막을 짓고 사는 비렁뱅이들의 거처란 말이지. 제아무리 뛰어난 자객도 저렇게 포도송이처럼 엉켜 붙은 초막 속으로 은밀하게 접근한다는 것은 불가능에 가깝지 않겠나."

"듣고 보니 그렇군요. 철산개가 뛰어난 자라면 그런 식으로는 절대 잡기 어렵겠어요."

공야무륵이 이제야말로 충분히 납득할 수 있다는 표정으로 고개를 끄덕였다.

그리고 이맛살을 찌푸리며 재우쳐 물었다.

"근데, 철산개가 정말 뛰어난 자인가요? 별호도 그렇고, 이름도 그렇고, 저는 듣느니 처음이라……?"

설무백은 당연하다는 듯이 고개를 끄덕였다.

"그럴 거야. 원래 개방도가 아니니까."

"예?"

"세상이 혼란스러운 난세가 되면 영웅호걸들이 녹림으로 모인다는 말 알지? 그런 것처럼 얘는 거지가 된 거야. 녹림이 되려면 산을 올라야 하는데 그게 귀찮았던 거지."

"예에……?"

공야무륵이 진담인지 농담인지 모르겠다는 듯 일그러진 표정으로 설무백을 바라보았다.

설무백이 피식 웃으며 진실을 말해 주었다.

"철산개의 본명이 하연(河鍊)이야."

공야무륵의 눈이 커졌다.

"하북제일도(河北第一刀)라 불리는 그 무쌍도(無雙刀) 하연이요?"

설무백은 그저 피식 웃는 것으로 대답을 대신하며 녹교 주변에서 벌어지는 상황에 시선을 집중했다.

마침 싸움이 시작되고 있었다.

"시작한다!"

횃불을 든 채로 녹교 주변을 에워싼 장정들이, 바로 흑사자들이 한순간 일제히 움직였다.

우두머리인 듯 보이는 사람의 지시에 따라 일사불란하게 우르르 전진해서 녹교 아래에 펼쳐진 초막들을 덮치는 것이다.

녹교 아래 초막에서는 벌써부터 수를 헤아릴 수 없이 많은 거지들이 실개천을 따라 저 멀리 도망치고 있었다.

그러나 흑사자들은 그들에게는 전혀 신경 쓰지 않고, 초막을 나와서 대열을 갖추고 있는 거지들만 주시했다.

도망치는 거지들은 진짜 거지들이고, 지금 대열을 갖추며 그들을 상대하려는 거지들이 바로 개방의 제자들임을 이미 인지하고 있는 것이다.

녹교 아래가 아수라장으로 변하는 것은 그야말로 순식간이었다.

"타앗!"

"크악!"

아우성과 비명이 처절하게 울려 퍼지며 어둠 속에서도 선명한 붉은 피와 찢겨진 살점이 어지럽게 난무했다.

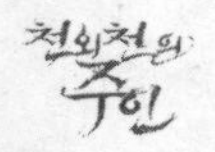

흑사자들은 불문곡직하고 살수를 펼쳤다.

그들의 손 속에는 일말의 망설임도 없었다.

기습을 당한데다 숫자에서도 밀린 개방의 제자들은 대번에 밀리기 시작했다.

그리고 밀리는 그 무리를 선도하고 이끄는 것은 대나무처럼 바싹 마른 체구와 강퍅한 얼굴에 눈이 옆으로 쭉 찢어져서 음산하면서도 냉혹한 인상을 풍기는 중년의 걸개였다.

지금은 화자두 철산개로 살고 있지만, 과거 하북제일도로 명성을 떨치던 하연이었다.

공야무륵이 그 모습을 지켜보다가 문득 떠올랐다는 듯 고개를 갸웃하며 설무백에게 물었다.

"근데, 쟤들은 저기 녹교 패거리에 하북제일도 하연이 있다는 걸 어떻게 안 거죠?"

설무백은 대수롭지 않게 어깨를 으쓱했다.

"그야 나도 모르지. 이제 알아봐야지. 어떻게 알았는지는 몰라도, 그 때문에 제법 쓸 만한 놈이 나선 것 같으니까."

철산개가 이끄는 개방의 무리가 흑사자들이 펼친 포위망의 일각을 허물며 빠르게 도주하고 있었다.

흑사자들이 그물처럼 사방에서 좁혀드는 형상을 연출하며 도주하는 개방도의 뒤를 추적하기 시작했다.

설무백의 시선은 그중에서 흑사자들의 선두에 나선 사내 하나를 주시하고 있었다.

그는 첫눈에 상대 사내의 정체를 알아봤던 것이다.

'흑령? 이번 일에 꽤나 공을 들였네?'

일순 의혹을 드러낸 설무백은 이내 창문을 열고 밖으로 나섰다.

그리고 그대로 신형을 날려서 개방의 제자들을 추적하는 흑사자들의 뒤를 따라갔다.

공야무륵과 내내 장승처럼 혹은 그림자처럼 그의 곁에 서 있던 철면신이 그의 뒤를 따라붙었다.

그들 역시 설무백처럼 스스로 드러내지 않는다면 그 누구의 이목도 절대 쉽게 간파할 수 없는 고도의 은신술이 내포된 경공을 펼치고 있었다.

흑사자들의 포위망을 뚫고 도주한 개방의 제자들은 삼십 명 남짓이었고, 당연하게도 녹교 패거리의 수좌인 철산개가 이끌고 있었다.

다만 갑작스러운 기습에 당해서 도주하는 것임에도 그들은 막무가내로 도망치지 않았다.

마치 이런 일이 벌어질 것을 알고 사전에 연습이라도 해 둔 것처럼 일사불란하게 움직였으며, 녹교를 벗어나는 순간부터 일정한 간격으로 한 사람씩 혹은 두 사람씩 대열을 이탈해서 흑사자들의 추적을 교란했다.

게다가 그들이 도주로로 택한 단자가는 산양부 제일의 빈민가답게 쓰러질 듯 허름한 판잣집들이 포도송이처럼 다닥다닥 붙은 사이로 좁고 지저분한 골목이 미로처럼 펼쳐진 지역이라 추적하는 흑사자들에게는 여간 어려운 장애가 아닐 수 없었다.

그러나 그럼에도 불구하고 흑사자들은 철산개의 주도 아래 도주하는 개방의 제자들을 놓치지 않았다.

추적을 교란하려는 듯 대열을 이탈해서 흩어지는 개방의 제자들을 무시하고 오로지 철산개만을 따라간 결과였다.

흑령의 주도 아래 나선 이번 흑사자들의 공격은 철산개가 표적이지 다른 졸개들은 아무래도 상관없는 것이다.

비록 막다른 골목에서 포위한 개방도의 숫자가 철산개를 포함해도 네 명밖에 되지 않는 것을 확인한 흑령은 아무래도 수하들을 구하려는 철산개의 계책에 놀아난 것 같아서 못내 기분이 상하긴 했지만 말이다.

"오늘 우리가 공격할 것을 알았나?"

"알았다면 녹교 아래서 잠들지 않았겠지."

"그럼 이 모든 것이 그냥 임기응변(臨機應變)인 거다?"

"나름 마음의 준비는 하고 있었지. 중원 각지의 화자두들이 암습을 당하고 있다는 연락은 이미 받았으니까."

"그런데도 용케 본거지를 떠나지 않고 있었네?"

"아, 이제야 알겠다!"

흑령의 질문에 고분고분 대답하던 철산개가 문득 깨달았다는 듯 안색을 바꾸며 말했다.

"너 지금 무언가 착각하고 있구나?"

흑령이 갸웃하자, 철산개가 피식 웃으며 다시 말했다.

"너 지금 도망치는 나를 잡았다고 생각하는 거지?"

흑령이 이맛살을 찌푸리며 실소했다.

"지금 무슨 개소리를 하려고 그래? 그러니까, 내가 너를 잡은 게 아니라 네가 나를 유인한 거다?"

철산개가 태연히 웃는 낯으로 주변을 둘러보았다.

"아닌 것 같아?"

흑령이 그제야 느끼며 안색을 굳혔다.

지금 그가 도착한 막다른 골목의 주변은 쥐 죽은 듯 고요했다.

분명 사방팔방이 줄줄이 판자촌인데 사람의 기척이 전혀 느껴지지 않고 있는 것이다.

"꽤나 애를 쓰긴 썼군. 하지만 이를 어쩌나? 그렇다고 뭐가 달라질 건 하나도 없을 것 같은데 말이야?"

흑령은 마치 보란 듯이 비웃음을 날리며 옆으로 한 걸음 이동했다.

그러자 뒤에 서 있던 십여 명의 흑사자들 사이에서 잿빛 복면의 사내 하나가 뚜벅뚜벅 앞으로 걸어 나왔다.

"오……!"

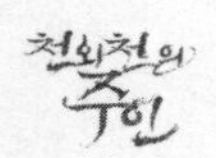

철산개가 한껏 일그러진 얼굴로 입으로는 감탄했다.

"정말 준비 많이 했군. 전에 없이 이런 대규모 병력을 동원한 것도 부족해서 비밀 병기까지 대동했다는 건가? 확실히 내가 여기 있다는 것을 알고 나섰다는 건데, 하여간 개방에 꽂아 둔 빨대가 무지하게 많은 모양이군. 그렇게 쳐 냈는데 아직까지도 남아 있나 그래?"

흑령이 히죽 웃으며 대꾸했다.

"일단 살고 싶으면 꿇어앉아서 다시 얘기하지?"

철산개가 대답에 앞서 앞으로 나서고 있던 걸개들을 뒤로 물리며 허리에 차고 있던 칼을 천천히 뽑아 들었다.

칼끝이 사선으로 각지고, 폭이 넓은 대신 길이가 짧은 박도(朴刀)였다.

"나도 한 가닥 한다면 하는 사람이지. 과연 재에게 나를 무릎 꿇릴 능력이 있을지 모르겠네?"

흑령이 묘하게 웃는 낯으로 고개를 갸웃했다.

"의외네? 우리가 누군지는 안 묻네? 이미 아는 거야, 그냥 전혀 안 궁금한 거야?"

철산개가 피식 따라 웃으며 대꾸했다.

"지금 내가 아니, 우리가 누구라고 생각하는 거야? 너희들이 중원을 설치고 다닌 지가 언제인데, 왜 아직도 우리가 너희들의 정체를 모를 거라고 생각하지?"

흑령이 어깨를 으쓱했다.

"명색이 개방이라 이건가?"

철산개가 묘하게 웃으며 불쑥 말꼬리를 잡았다.

"근데, 너는 아니, 너희들은 모르지? 내가, 하북제일도로 불리던 이 무쌍도 하연이 왜 비렁뱅이 개방도가 되어서 이런 궁벽한 시골에 처박혀 있었던 것일까?"

흑령이 어처구니없다는 표정으로 실소하며 반문했다.

"설마 지금 개방의 누군가가 오늘과 같은 일에 대비해서 너를 여기에 처박아 두었다는 그런 말도 안 되는 얘기를 하려는 건 아니지?"

철산개가 의미심장하게 대꾸했다.

"우리 용두방주(龍頭幇主)께서는 머리가 아주 좋으시지. 사람들이 상상하는 것 이상으로 말이야."

"……!"

흑령의 안색이 변했다.

전혀 가식으로 보이지 않는 철산개의 태연함이 매우 거북하게 느껴지는 것이다.

그는 애써 불길한 감정을 억누르며 말했다.

"설마 지금 반간계(反間計 : 적의 간첩을 거꾸로 이용하는 계책)를 주장하고 싶은 거냐?"

어렵사리 뱉어 낸 흑령의 말을 들은 철산개가 대답은 않고 웃는 낯으로 놀리듯 되물었다.

"아닌 것 같아?"

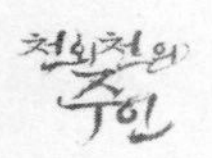

흑령이 치솟는 분노로 싸늘해져서 말했다.

"일단 꿇어앉혀 놓고 다시 물어보도록 하지! 천사인, 어서 당장 저자를 내 앞에 무릎 꿇려라!"

단호한 흑령의 외침 아래 앞으로 나서 있던 천사인이 살기를 드높이며 철산개를 향해 다가섰다.

"음!"

느긋하게, 하지만 무지막지한 기세를 발하며 다가오는 천사인의 접근 앞에서 내내 여유롭던 철산개가 절로 긴장하며 침음을 흘렸다.

천사인의 기세는 철산개로서도, 바로 하북제일도라는 명성을 떨치던 무쌍도 하연으로서도 감히 무시할 수 없을 정도로 엄청난 것이다.

'대체 이게 무슨 외문기공이지?'

의복은 물론 복면까지 여린 회색이라 기인한 느낌을 주는 천사인은 병기를 뽑지 않은 채 그냥 뚜벅뚜벅 다가들고 있었다.

분명 눈으로 보기에는 무방비로, 무대책으로 보이지만, 엄청난 기세가 일어나서 철산개는 감히 선뜻 움직일 수가 없었다.

이 정도의 위세라면 당연히 천하에 이름 높은 외문기공이 당연할 텐데, 나름 강호무림사에 해박한 지식을 가진 그임에도 도무지 알 수 없는 것이라 위압감이 더욱 배가 되며 전신을 옥죄는 느낌이었다.

그러나 달라지는 것은 없었다.

철산개는 누가 뭐래도 한때 마땅한 적수가 없어서 천하를 주유하던 하북제일도 하연이었다.

상대의 위압감이 제아무리 대해의 해일처럼 거대해도 그에게는 호승심만 불러올 뿐이었다.

"제법 재미있겠네."

철산개의 수중에 들린 박도가 길어졌다.

반투명한 서기가 칼끝의 길이를 더해서 늘어난 것인데, 그가 전신의 공력을 응집한 결과였다.

그러나 아쉽게도 그가 느낄 수 있는 재미는 그게 다였다.

그 순간 어디선가 아무런 소리도 없고, 눈에 보이지도 않는 무형의 강기가 날아와서 그에게 다가서는 천사인의 가슴을 강타했기 때문이다.

쾅—!

벽력이 치고, 우레가 떨어진 것 같았다.

천사인의 가슴에 그처럼 막대한 폭음이 작렬했고, 하늘이 무너져도 눈 하나 깜빡하지 않을 것 같던 천사인이 주룩 서너 장이나 밀려 나갔다.

"헉!"

천사인은 비명은커녕 일말의 신음조차 흘리지 않았다.

대신 그보다 더 놀란 흑령이 헛바람을 삼키고 있었다.

그때 한줄기 바람과 함께 홀연히 장내에 나타난 은발의 더벅머리 사내가, 바로 설무백이 무언가 납득한 표정으로 고개를 끄

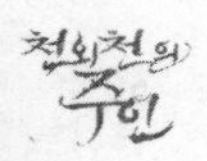

덕이며 중얼거렸다.

"과연 단단하네."

기겁한 흑령이 반사적으로 태세를 갖추며 외쳤다.

"웬 놈이냐?"

설무백은 대수롭지 않게 흑령의 질문을 무시하고 철산개에게 시선을 주며 싱긋 웃었다.

"미안하지만, 이제 이자들은 그만 내게 양보하고 돌아가는 게 어때? 쟤들 하고는 당신보다 내가 더 엮인 사연이 많아서 그래. 대신 내가 나중에 직접 찾아가서 자세한 내막을 얘기해 주도록 하지."

철산개가 실로 복잡 미묘해진 눈빛으로 설무백을 바라보다가 이내 어렵사리 평정을 되찾은 모습으로 대답했다.

"이자들은 양보하겠소. 대신 돌아가는 건 내 마음대로 할 테니 상관하지 말고 볼일 보시구려."

"뭐, 그 정도야……."

설무백은 기꺼이 수긍했다.

그리고 돌아서서 흑령을 마주하며 히죽 웃는 낯으로 중얼거렸다.

"만나게 될 사람은 그곳이 어디든 언젠가 기필코 다시 만나게 된다더니, 과연 그렇군."

"……?"

흑령은 이맛살을 찌푸렸다.

그는 설무백의 말을 전혀 이해하지 못하고 있었다.

그게 당연했다.

전생의 일을 기억하는 사람은 세상이 설무백 하나뿐인 것이다.

설무백은 무심결에 나간 자신의 말에 쓰게 웃으며 슬쩍 손을 들어서 흑령과 천사인을 가리키며 말했다.

"얘들 둘만 빼고 나머지는 정리해라."

순간, 거센 폭풍이 흑령의 뒤에 서 있는 흑사자들을 덮쳤다.

강렬한 철권이 피를 부르고, 섬뜩한 도끼가 살점을 헤집고 뼈를 가르는 살인적인 폭풍이었다.

애초에 설무백의 지시에 따라 흑사신들의 뒤쪽에 내려서 있던 공야무륵과 철면신이 행동을 개시한 것인데, 그야말로 양떼 무리에 사나운 두 마리 늑대가 뛰어든 것 같았다.

쾌활림의 정예들인 이십여 명의 흑사자들이 실로 삽시간에 속절없이 도륙당하고 있었다.

흑령이 경악하며 발작적으로 소리쳤다.

"저, 저놈을 잡아……!"

천사인이 바로 반응해서 설무백을 향해 달려들었다.

구름처럼 피어난 무지막지한 기운이 그의 전신을 뒤엎고 있었다.

마치 순식간에 집체같이 거대해진 쇳덩어리처럼 느껴지는 모습이었다.

그대로 설무백을 덮친다면 아니, 그냥 충돌하기만 해도 설무백의 전신은 밀반죽처럼 찌부러져서 형체조차 남기지 못할 것만 같았다.

그러나 그런 일은 벌어지지 않았다.

설무백은 그 자신만의 시간 속에서 쇄도하는 천사인의 모습을 정확히 보며 한 손을 내밀었다.

꽝-!

설무백의 손에서 뻗어진 기운은, 바로 무극신화수의 강기는 시전할 때는 일체의 소리도 내지 않았으나, 천사인의 가슴에 닿는 순간에는 상상도 할 수 없이 무지막지한 굉음을 냈다.

그것으로 끝이었다.

천사인은 자신의 뒤로 펼쳐진 빈민가의 판잣집들을 마치 수수깡처럼 밀어내며 십여 장이나 날아가서 처박혔다.

"우와아아아……!"

흑령이 비명과도 같은 괴성을 내지르며 설무백에게 달려들었다.

기실 약간의 차이는 있었으나, 천사인이 설무백을 덮치는 순간과 동시에 신형을 날린 것이었고, 괴성이 장내를 가로지르는 순간에는 벌써 그의 손에 들린 검극이 설무백의 면전에 이르러 있었다.

설무백은 당황하지도, 서두르지도 않았다.

다른 사람의 눈에는 전광석화가 무색할 정도로 빠른 흑령의 검극도 그의 눈에는 서서히 다가오는 어린아이의 손처럼 선명하게 보였다.

그래서 그는 면전에 이른 흑령의 검극을 정확히 보고 나서 손을 내밀었다.

그것으로 충분했다.

사람들의 눈에는 보이지 않았으나, 자신만의 시간, 자신만의 공간에서 움직이는 설무백의 손은 섬광처럼 빠르게 면전으로 쇄도한 검극 아래를 유연하게 파고들어서 흑령의 가슴에 달라붙었다.

퍽-!

뒤늦게 미미한 소음이 터졌다.

흑령이 마치 시간이 정지한 것처럼 제자리에서 그대로 움직이지도 않고 서 있다가, 이내 스르르 무너져 내렸다.

마치 가죽 풍선에서 바람이 빠져 나간 듯한 모습인데, 그의 열려진 모든 구멍에서, 소위 칠공에서 붉은 핏물이 주룩 흘러나오고 있었다.

외부에는 아무런 충격을 주지 않고 내부를 진탕시켜 곤죽으로 만들어 버리는 내가중수법에 당한 것이다.

"괜찮아."

설무백은 주저앉은 채로 칠공에서 피를 흘리는 흑령의 면전에 쪼그리고 앉으며 무심하게 말했다.

"바로 죽을 정도로 손을 쓰진 않았으니까."

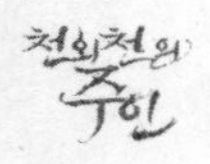

삐이이익-!

어디선가 들려온 피리 소리가 날카롭게 밤하늘을 가른 것은 그때, 설무백이 주저앉은 흑령의 면전에 쪼그리고 앉아서 한마디 건넨 다음이었다.

그것이 신호였다.

순간, 골목처럼 저만치 통로를 내며 뭉쳐서 무너진 판잣집의 잔해 속에서 잿빛 그림자가 솟구쳤다.

설무백의 일격에 나가떨어져서 죽은 줄로만 알았던 천사인이 어디선가 들려온 피리 소리에 반응해서 일학충천(一鶴沖天)의 기세로 날아오른 것인데, 그야말로 삽시간에 밤하늘 저편으로 사라져 버리고 있었다.

"보통 강시가 아니었나 보네?"

설무백은 멋쩍은 기색으로 입맛을 다셨다.

천사인이 강시라는 것은 첫눈에 알아봤으나, 설마하니 상당한 내력이 담긴 자신의 장력에 가격당하고도 멀쩡하게 버틸 수 있을 정도의 강시라고는 미처 생각하지 못한 것이다.

"저 정도라면……?"

설무백은 철면신을 돌아보았다.

공야무륵과 함께 나섰던 철면신은 어느새 모든 흑사자들을 정리하고 그의 뒤에 시립해 있었다.

철면신이 그의 시선을 받기 무섭게 특유의 어눌한 목소리와 말투로 말했다.

"다르다, 나와. 아직 체내의 마기와 제대로 조화를 이루지 못했다, 저 물건은. 여전히 충돌하고 있다, 본성과 마성이."

설무백의 눈빛이 이채롭게 변했다.

"그런 것도 알아볼 수 있어?"

철면신이 대답했다.

"아니다, 보는 거. 느끼는 거다, 저절로."

설무백은 사뭇 놀랍다는 표정을 지으며 물었다.

"그런데 아직이라는 말은 앞으로 얼마든지 조화를 이룰 수 있다는 뜻이잖아? 그런 거야?"

철면신이 특유의 절도 있는 동작으로 고개를 끄덕였다.

"그렇다, 아마도. 본성과 마성이 조화를 이루면 나와 같아질 거다, 아까 그 물건도."

설무백은 새삼 놀랐다.

철면신의 경우를 보고 사도진악의 측근에 강시 제조에 상당한 조예를 가진 자가 있다는 사실을 알게 되긴 했으나, 어느새 전력으로 활용할 정도가 되었다는 사실은 적잖게 충격이었다.

하물며 철면신 정도의 절대 강시를 마치 방앗간에서 떡 찍어 내듯 마구 생산할 수 있을지도 모른다는 생각이 들자 등골이 오싹해지며 전신에 소름이 돋았다.

애써 그런 내색을 삼간 설무백은 냉정하게 평정심을 되찾으며 주저앉아 있는 흑령에게 시선을 고정했다.

흑령은 맥 빠진 모습으로 늘어져서 손끝 하나 움직이지 못하

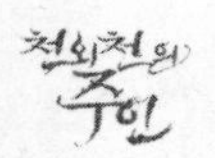

고 있었다.

실망스러운 모습이었다.

솔직히 말해서 그는 이렇듯 한 방에 나가떨어질 정도로 흑령이 나약할 줄 몰랐다.

그가 가진 전생의 기억 속에서 사도진악의 보이지 않는 수족인 백령과 흑령의 무위는 명실공히 사도진악 다음의 위치로, 쾌활림 내에서는 적수가 없었기 때문이다.

'내가 강해진 면도 있지만, 그보다 이자가 약해졌다. 전생의 흑령은 적어도 이보다 강했다. 이것 역시 전생과 달라진 역사의 변화라면 당연하게도 쾌활림 내에 이자보다 강한 자가 있을 수 있다는 뜻일 테지.'

설무백은 나름 논리적으로 사태를 정리하고 나서 흑령을 향해 말했다.

"이런 마당에 살고 싶은 마음은 없을 거야. 그러니 나 역시 구차하게 이러쿵저러쿵 따지지 않고 딱 두 가지만 물어볼게. 있는 그대로 솔직하게만 대답해 준다면 고통 없는 죽음을 맞이하도록 도와주지."

흑령이 고개를 들어서 설무백을 바라보았다.

절망과 체념으로 버무려진 그의 눈빛에는 그 어떤 희망이나 기대의 감정도 보이지 않았다.

그저 빨리 이 시간이 끝나기를 바라는 사람의 공허만이 가득했다.

설무백은 상관하지 않고 물었다.

“우선 첫 번째. 사도진악이 마교의 누구와 손을 잡았는지 아나?”

“……!”

절망과 체념 속에 가라앉아 있던 흑령의 눈빛이 일순 흔들렸다.

그 상태로, 그는 해연한 미소를 흘리며 대답했다.

“그러고 보니 나도 그걸 모르고 있었네. 그에 대해 내가 아는 건 하나뿐이야. 주군이 마교총단과 손을 잡았다는 사실. 그 이외에는 나도 몰라.”

거짓을 고하는 것으로 보이지 않았다.

전생의 흑령이 어떤 상황에서도 목숨을 구걸하는 성격이 아니긴 했으나, 지금은 그런 느낌이 아니라 정말로 모르는 눈치였다.

설무백은 내심 더 없이 철저한 사도진악의 심성을 재차 확인한 것 같은 기분에 사로잡히며 애써 다음 질문으로 넘어갔다.

“그럼 두 번째 질문. 사도진악이 갑자기 이 시점에 밑도 끝도 없이 개방을 공격하는 이유가 뭐야?”

흑령의 눈빛이 다시금 흔들렸다.

그러다가 그는 대뜸 욕설을 뱉어 내며 투덜거렸다.

“젠장, 내가 그동안 헛살고 있었군.”

그는 힘없는 실소를 머금고 설무백을 바라보며 탄식처럼 말했다.

"미안하다. 이제 보니 내가 이번 일에 대해서 아는 게 거의 없네."

이번에도 역시 거짓말을 하는 것으로 보이지 않았다.

만에 하나 이것이 거짓이고, 고도의 기만술이라면 속아도 싸다는 기분이 들 정도로 흑령의 태도는 진실해 보였다.

"아쉽네."

"나도 아쉽다."

흑령이 허망한 미소를 보이며 설무백의 감정이 동의했다.

설무백은 추호도 망설임 없는 동작으로 손가락 하나를 내밀어서 그런 흑령의 미간을 짚었다.

퍽-!

섬뜩한 파열음이 터지며 흑령의 뒤통수로 피 화살이 튀어나갔다.

설무백의 지공이 흑령의 머리를 관통한 것이다.

흑령이 스르르 뒤로 넘어갔다.

바닥에 널브러지기도 전에 그는 이미 죽어 있었다.

"의심이 정말 많아. 욕심이 너무 많아서 의심도 많은 것일 텐데, 가장 가까이 두고 부리는 수하에게까지 이렇듯 철저히 속내를 드러내지 않으니 참으로 상대하기 어렵네."

사도진악을 두고 하는 말이었다.

내내 침묵으로 일관한 채 조용히 사태를 관망하고 있던 철산개가 그제야 조심스럽게 나서며 설무백에게 말을 건넸다.

"한 가지 궁금한 게 있소."

설무백은 자리를 털고 일어나며 철산개의 시선을 마주했다.

얼마든지 물어보라는 눈빛이었다.

철산개가 죽은 흑령을 일별하며 물었다.

"저자가 누군지 아는 눈치고, 저자가 여길 공격하리라는 것도 사전에 알고 있었던 것으로 보이는데, 실로 그런 거요?"

설무백은 대수롭지 않다는 투로 대답했다.

"철산개가 사실은 하북제일도 하연이라는 것만 알고 있으면 어렵지 않게 유추할 수 있는 일이야. 저자는 이번 개방의 사태를 주도하는 핵심 인물 중 하나이고, 천하의 하북제일도 하연을 잡으려면 적어도 그 정도의 핵심 인물이 나서야 하는 거 아니겠어?"

철산개가 한 방 맞은 표정으로 물었다.

"점점 더 가관이구려. 내가 하연인 것은 또 어찌 아는 거요?"

설무백은 피식, 웃으며 말했다.

"우리 공평하게 하자고. 주었으면 받아야 하고, 받았으면 줘야지. 세상에 공짜가 없다는 거 잘 알잖아?"

철산개가 고개를 끄덕이는 것으로 수긍하며 말했다.

"알고 싶은 게 뭐요?"

설무백은 기다렸다는 듯 바로 말했다.

"하북제일도가 어느 날 갑자기 개방의 철산개가 된 이유 정도면 적당할 것 같군."

철산개가 잠시 뜸을 들이다가 대답했다.

"하북제일도가 개방의 철산개가 된 것이 아니라, 개방의 철산개가 하북제일도가 되었던 것이라면 믿겠소?"

설무백은 적잖게 놀랐다. 상당히 당황스럽기도 했다.

이건 그가 바라는 바와 상반되는 상황이었다.

그는 애써 감정을 삭이며 대답했다.

"사실이라면 믿어야지."

철산개가 힘주어 말했다.

"사실이오. 나는 일개 무명의 칼잡이였고, 개방의 지원이 없었다면 하북제일도라는 명예의 근처에도 가지 못했을 거요."

설무백은 절로 쓰게 입맛을 다시며 탄식했다.

"아쉽네. 그 반대이길 바랐는데."

그리고 재우쳐 의미심장한 눈빛으로 철산개를 바라보며 말을 덧붙였다.

"아무려나, 그럼 여기 녹교 패거리의 화자두라는 건 가면이군. 내가 아는 취죽개는 당신 같은 인물을 지방의 일개 화자두로 부릴 만큼 속 좋은 사람이 아니니까. 그렇다면 법개인가?"

법개는 개방의 용두방주가 직접 임명하는 지위로, 개방의 규칙과 규범을 지키는 수호신과 같았다.

따라서 법개는 임무의 특성상 방규(幇規)에 달통하고 방내의 사정에 밝은 것은 물론, 사리판단이 분명한 명석한 두뇌의 소유자로, 충직하고 강직한 마음과 더불어 자비로움까지 두루 갖춘 심성의 소유자를 뽑아야 한다는 까다로운 방규에 의거하여 그 인원은 명실공히 천하대방이라는 개방에서도 고작 여덟 명이 다인 존재들이었다.

과연 설무백의 짐작이 옳았다.

철산개가 인정했다.

"그렇소."

그리고 얼굴에 희색이 만연해져서 말을 더했다.

"나야말로 이제야 귀하가 누군지 알겠구려. 세상이 아무리 험악해졌다고는 해도, 개방의 용두방주를 그처럼 마음대로 부르는 사람은 흔치 않지요. 본인이 알기로는 작금의 강호무림에서 풍잔의 설무백, 설 대협이 거의 유일하다고 들었는데, 이렇게 직접 만나 볼 날이 있을 줄은 정말 몰랐구려."

그는 옷깃을 털고 정식으로 포권의 예를 취했다.

"처음 뵙겠소, 설 대협!"

설무백은 가볍게 웃는 낯으로 마주 공수했다.

다만 그의 입에서 나온 말은 답례가 아니라 다른 말이었다.

"그럼 이제 그만 주변에 널어 둔 애들은 물리지?"

철산개가 포권을 풀지 않은 채로 설무백을 향해 어색한 미소를 흘리며 변명했다.

"본인이 그저 깜빡하고 있었을 뿐, 설 대협 때문이 아니라 저기 자빠져 있는 저 녀석들 때문이었다는 것은 분명히 하시리라고 믿소."

설무백은 바로 수긍했다.

"그야 당연히!"

철산개가 그제야 자세를 바로하며 주변을 향해 소리쳤다.

"더는 일 없으니, 다들 물러가라. 철완(鐵腕)이 인솔해 가서 녹교 주변 정리하고, 철주(鐵珠)는 어서 여기 좀 정리해."

대답은 없었다.

그러나 철산개의 말이 끝나기 무섭게 사방팔방에서 우르르 물러나는 기척들이 있었다.

판자촌의 외각이었다.

어림잡아도 백여 명이 넘는 인원이 물러나고 있었다.

그리고 그 와중에 이십여 명의 걸개들이 모습을 드러내며 다가와서 장내를 정리하기 시작했다.

앞선 철산개의 주장은 고작 흑령의 비위를 긁으려는 신경전이 아니라 사실이었던 것이다.

철산개는 사전에 덫을 펼쳐 놓은 채 적의 공격에 대비하고 있었던 것이다.

"그나저나, 놈들이 쾌활림이라는 것 또한 이미 아는 것 같던데, 그건 또 어찌 안 것이오?"

주변이 정리되는 가운데, 문득 철산개가 물었다.

정말 궁금해서 묻는 것이라기보다는 주변이 정리되는 것에 신경 쓰지 않도록 말을 건다는 기분이었다.

"눈치만 빠르면 누구나 다 알 수 있는 일이야."

설무백은 못내 철산개의 세심한 배려에 미소로 화답하며 재우쳐 말문을 돌렸다.

"그보다 아까 여기서 벗어난 녀석의 처리는 내게도 좀 알려 줘. 내가 그 녀석에게 관심이 아주 많아서 그래."

아까 누군가의 피리 소리에 반응해서 장내를 빠져나간 천사인을 두고 하는 말이었다.

설무백은 주변에 포진해 있던 걸개들 중 하나가 천사인의 뒤를 따라갔음도 이미 알고 있었다.

그가 장내를 빠져나가는 천사인을 보고도 방관한 것이 그 때문인 것이다.

철산개가 당연히 알고 있을 줄 알았다는 듯 가볍게 웃으며 대답했다.

"알겠소. 보고가 들어오는 대로 설 대협에게 기별을 넣도록 하겠소. 한데, 그러려면 설 대협이 어디에 있는지 본인이 알아야겠지요?"

설무백은 대수롭지 않게 대답해 주었다.

"흑도천상회로 갈 거야."

"……!"

철산개가 두 눈을 크게 부릅떴다.

내내 차분하던 그의 평정심이 일거에 무너진 모습이었다.

설무백은 그게 아랑곳하지 않고 스스럼없이 웃는 낯으로 돌아서며 혼잣말처럼 부연했다.
"이번 일에 어느 정도의 전력을 동원한 건지 정말 궁금해서 한번 확인해 보려고."

암중모색暗中摸索 (3)

"개방의 총타로 가는 게 아니었어?"

"저도 그렇게 생각하고 있었습니다만……?"

흑도천상회로 간다는 말은 철산개만이 아니라 설무백을 따르는 동료들에게도 적잖은 충격인 모양이었다.

철면신이야 여전히 무미건조한 눈빛으로 습관처럼 혹은 버릇처럼 설무백의 곁을 묵묵히 따르고 있었으나, 나머지 사람들은 다들 달랐다.

철산개와 멀어지기 무섭게 철면신의 어깨에 걸터앉은 모습으로 홀연히 나타난 요미가 이채로운 눈빛으로 설무백을 바라보며 물었고, 입이 무거운 공야무륵도 그에 동조하고 나섰다.

애써 내색은 삼가고 있으나, 암중의 흑영과 백영도 그들만큼이나 놀라고 당황한 눈치였다.

둘 다 온 신경을 설무백에게 집중하고 있었다.

설무백은 못내 외면하지 못하며 말했다.

"몽고의 소식을 전하러 북경에 다녀온 사사무가 그러더군. 아버님이 말씀하시길 이미 알고 있으며, 각지의 접경 지역으로 몽고군의 병력이 집결하고 있는 것까지도 파악했다고 말이야. 근데, 이 시점에 난데없이 흑도천상회가 무리하게 개방을 쳤단 말이지."

그는 피식 웃으며 재우쳐 물었다.

"왜일까?"

요미는 잘 모르겠다는 표정으로 이맛살을 찌푸렸다.

반면에 공야무륵은 평소 성격대로 단순하게 있는 그대로의 상황을 놓고 접근하는 것으로 대답했다.

"성동격서인 건가요?"

"에이, 이게 무슨…… 어라?"

요미가 말도 안 된다는 듯이 말하다가 이내 안색을 바꾸며 눈동자를 이리저리 굴렸다.

"정말이네? 작게 봐도 그렇고, 크게 봐도 그렇고, 돌아가는 판세만 놓고 보면 성동격서로 보이네?"

"그래."

설무백은 피식 웃는 낯으로 고개를 끄덕이며 부연했다.

"작게는 개방의 수족을 자르는 것으로 시선을 끌어서 개방의

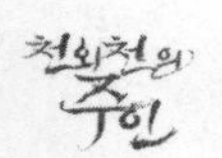

전력이 분산되는 틈에 개방의 총타를 노리는 것처럼 보이지만, 크게는 중원을 어지럽히는 것으로 세간의 이목을 끌어서 외세의 움직임을 가리려는 고도의 기만으로도 볼 수 있지."

요미의 눈빛이 가늘어졌다.

"결국 흑도천상회가 아니, 쾌활림의 사도진악이 마교와 연결되어 있다는 것이 다시 한번 증명된 거네. 지금 움직이는 몽고족의 배후에는 당연히 마교가 있을 테니까."

공야무륵은 역시나 단순하게 그녀와 달리 보다 더 현실과 가까운 문제를 언급했다.

"그래서 역으로 흑도천상회를 노리시는 거군요."

설무백은 고개를 끄덕이는 것으로 수긍하며 대답했다.

"노린다기보다는 그냥 한번 찔러 보려는 거야."

사도진악의 이번 움직임을 보면 그가 가진 개인적인 욕심이 어떻든지 간에 아직은 마교의 지시를 따를 수밖에 없는 위치인 것이 분명했다.

안 그러면 이 시점에 이런 무리를 할 이유가 전혀 없었다.

그 때문이었다.

설무백은 내친김에 흑도천상회를 한번 흔들어 보려고 작심한 것이다.

"사도진악이 무리를 했어. 쾌활림이 아무리 흑도천상회를 장악했다고는 해도, 이번 일처럼 전국적으로 벌어지는 사태를 주도하려면 자체적으로 거의 모든 병력을 동원해야 할 테니까.

자발적으로 나섰든 다른 누구의 지시로 나섰든 간에 적을 공격한답시고 집안을 비운 거야. 그걸 알면서도 가만히 있으면 안 되지 않겠어?"

요미가 맞장구를 쳤다.

"정말 그러네. 이거 잘하면 흑도천상회에 상당한 타격을 가할 수도 있겠는 걸?"

공야무륵이 다른 방향으로 걱정했다.

"사실이 그렇다고 해도 소탐대실이 아닌가요? 무리수든 아니든 일은 이미 벌어졌고, 이 틈을 노리고 외세가, 그러니까 마교가 움직이지 않겠습니까?"

설무백은 태연하게 고개를 저었다.

"동쪽을 건드리고 막상 서쪽을 친다는 성동격서라는 게 애초에 아무런 반응을 하지 않으면 무용지물에 불과하지."

"아……!"

요미가 바로 상기하며 탄성을 발했다.

"그러고 보니 오빠가 황제에게 중원에서 벌어지는 무림의 다툼에 관여하지 말라고 했다고 그랬지!"

공야무륵도 이제야 기억난 듯 감탄한 눈빛으로 바라보며 물었다.

"그게 단순히 관부와 무림은 서로 침범하지 않는다는 불문율을 지키려 했던 것이 아니라 이걸 내다보신 겁니까?"

설무백은 어깨를 으쓱했다.

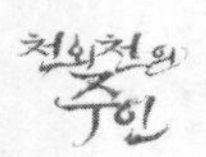

"겸사겸사. 관부가 나서면 그들을 속아 내고 싸워야 한다는 번거로움도 있고 해서 불편하잖아."

공야무륵이 자못 음충맞은 기소를 흘리며 말을 받았다.

"흐흐, 어쨌거나, 황궁의 군부와 관군은 아무런 동요 없이 외세의 움직임에만 집중하고 있을 테니, 그게 누구 머리에서 나온 계책이든 사도진악의 이번 발호는 별다른 성과도 없이 철퇴만 맞게 생겼네요. 흐흐흐……!"

"자승자박(自繩自縛)이고, 인과응보(因果應報)이며, 사필귀정(事必歸正)인 거지."

설무백은 기분 좋게 대꾸하며 발길을 서둘렀다.

"어서 가자, 철퇴 휘두르러!"

호북성 무한에 있는 흑도천상회의 총단은 동문 밖에 우뚝 솟은 야산인 수명산(水命山)의 한쪽 치맛자락과 그 옆으로 펼쳐진 동호(東湖)를 등지고 자리한 거대한 장원이었다.

예로부터 수륙교통의 요충지이며, 아홉 개의 성으로 통하는 대도라 불리는 무한부(武漢府)를 앞마당으로, 항주의 서호와 쌍벽을 이룬다는 동호를 뒷마당의 연못처럼 거느린 것이 바로 흑도천상회의 총단인 것이다.

아마도 그래서였다.

설무백은 무한의 서문을 통과하는 순간부터 자신을 따라붙는 시선을 느낄 수 있었다.

흑도천상회의 무사가 분명해 보였다.

무한의 성내를 순찰하는 흑도천상회의 무사가 낯선 그를 발견하고 따라붙으며 감시하는 것이다.

다만 앞을 막거나 하지는 않았다.

마땅히 검문검색을 하리라고 생각했는데, 끝까지 모습을 드러내지 않은 채 감시만 했다.

의외로 사람을 보는 눈이 있는 것인지도 몰랐다.

막고 싶어도 막을 수 없다는 판단으로 그저 뒤를 따르며 감시하는 것일 수도 있었다.

이유야 어쨌든 설무백은 조금도 신경 쓰지 않았다.

그의 목적지는 어차피 흑도천상회의 총단이었기 때문이다.

무안의 서문으로 입성한 그는 그대로 도심을 가로질러서 동문에 이르렀고, 이내 동문을 나서서 수명산으로 향하는 길로 접어들었다.

흑도천상회의 총단으로 가는 외길이었는데, 얼마 지나지 않아서 이내 거대한 장원의 대문이 그의 시야에 들어왔다.

험준하진 않지만 수풀이 우거진 산비탈을 측면에 끼고, 세 길에 달하는 높은 담장 사이로 그보다 높은 이단의 맞배지붕을 올린 거대한 대문이었다.

그 너머로 삼삼오오 짝을 지은 전각군이 드넓게 펼쳐져 있

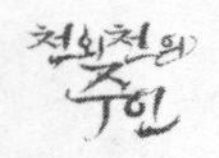

었다.

도둑고양이처럼 뒤를 따르며 설무백을 감시하던 자들이 모습을 드러낸 것이 그때였다.

그러나 먼저 나선 것은 대문을 지키던 문지기들이었다.

"여기는 흑도천상회의 총단이며, 아무나 얼굴을 내밀 수 있는 곳이 아니오. 귀하는 무슨 일로 여기를 찾아온 것이오?"

대문을 지키는 자들은 정확히 다섯 명이었다.

눈에 보이진 않지만 대문 안쪽의 좌우에 두 명이 서 있고, 대문 밖의 좌우에 두 명이 서 있었으며, 수뇌로 보이는 중년사내 하나가 심심한 표정으로 대문 밖을 서성이다가 설무백 등이 다가서자 맞이한 것이다.

설무백은 의외로 예의 바르게 맞이하는 상대, 중년사내의 태도에 본의 아니게 멋쩍은 기분이 되었다.

비록 그게 도둑고양이처럼 그의 뒤를 따르다가 모습을 드러낸 자들의 눈짓과 손짓, 발짓에 따른 대처라고는 해도, 애초에 마음먹은 대로 행동하기가 어색해지는 것이다.

그 바람에 설무백은 본의 아니게 수위를 낮추어서 말했다.

"나는 난주에 사는 설 아무개라는 사람이다. 여기 회주에게 볼일 있어서 찾아왔으니, 안채에 기별 좀 넣어라."

"……!"

중년사내가 대번에 눈이 커졌다.

설무백은 나름 수위를 낮춘 것이나, 그가 듣기에는 이보다 더 충격적인 말이 없을 터였다.

난주에 사는 설 아무개라면 풍잔의 주인인 사신 설무백밖에 없다는 것을 이제는 세상 모두가 익히 잘 알고 있는 것이다.

저절로 주춤 한 발짝 물러난 중년사내는 새삼스러운 눈빛으로 설무백을 다시 보았다. 그리고 뒤늦게 그런 자신의 실태를 깨달은 듯 얼굴을 홍시처럼 붉히며 서둘러 물었다.

"서, 설 대협께서 무슨 일로 본회를 방문한 것인지……?"

설무백은 이맛살을 찌푸렸다.

"여기 회주에게 용무가 있다고 했다. 네가 여기 회주냐?"

"그, 그게 아니라……!"

중년사내가 당혹스러운 기색으로 절절매며 말을 고르다가 뒤늦게 답을 찾아내서 대답했다.

"흑도천상회의 회주는 아무나 만나 보고 싶다고 해서 만날 수 있는 사람이 아니오! 충분한 용건이 아니라면 기별을 넣을 수 없으니 어서 당장 용건을 밝혀 주시오!"

설무백은 웃었다.

비웃음 따위가 아니라 만족한 마음에서 우러른 웃음이었다.

흑도천상회의 대문을 지키는 자가 낯선 방문자의 하대와 명령을 듣고도 화를 내기는커녕 고작 상대를 설득하려는 태도로, 혹은 더 나아가서 부탁하듯이 말하고 있었다.

전에는 이렇지 않았을 것이다.

이번 사태로 동원된 병력으로 인해 영내의 경비는 고작 이 정도 위인에게 맡길 수밖에 없을 정도로 전력의 공백이 생긴 것이 분명했다.

"정말 흥미롭네? 이거 잘하면 오늘 흑도천상회를 해산시킬 수도 있겠는데 그래?"

"……!"

중년사내가 화들짝 놀라며 칼을 뽑아 들었다.

"그, 그게 무슨 망발……!"

대문의 좌우에 시립해 있던 사내들이 기겁해서 중년사내의 곁으로 나섰다.

설무백 등의 뒤를 따르다가 모습을 드러낸 자들도 반사적으로 병기를 뽑아 들고 있었다.

공야무륵이 나서며 물었다.

"죽일까요?"

설무백은 특유의 미온한 미소를 입가에 걸며 엄지손가락을 들어서 뒤쪽을 가리켰다.

"쟤들 먼저."

공야무륵이 두말없이 신형을 날려서 뒤쪽에서 칼을 뽑아 든 세 명의 사내를 덮쳤다.

사내들은 움직이지 못했다. 아니, 반응하지 못한 것이었다.

공야무륵이 신형을 날리는 순간에 뽑아 든 두 자루 도끼가 사내들이 미처 반응을 보이기도 전에 섬광을 뿌렸고, 그 섬광은 여지없이 그들의 머리 중앙 정수리를 관통했다.

사실은 후려친 것이다.

촤아악—!

섬뜩한 파열음이 터지며 붉은 피와 허연 뇌수가 사방으로 튀었다.

졸지에 머리를 잃은 세 개의 몸뚱이가 무력한 손짓으로 허공을 휘저으며 바닥으로 쓰러졌다.

"헉!"

중년사내가 헛바람을 삼키며 거듭 한 발짝 물러났다.

그 곁에 서 있던 두 명의 문지기 사내는 너무 서두르는 바람에 발이 따라가지 못해서 엉덩방아를 찧고 있었다.

"뭐야, 이거? 정말 오합지졸만 남은 거야?"

설무백은 정말로 실망했다.

당연히 그와 같은 빈틈을 노리고 온 것이긴 하나, 이건 정말 해도 너무했다.

이 정도로 흑도천상회의 모든 전력이 비어진 것이라면 굳이 그가 올 이유가 없었던 것이다.

그러나 설무백이 상상하는 정도까지는 아니었다.

"대체 어떤 후레자식이 남의 집 문간에서 이리도 예의 없이 소란을 피운단 말이냐!"

대문 너머 안쪽에서 들려온 일갈이었다.

마치 장소성처럼 들리는 이 외침과 함께 따르게 날아온 기척이 대문을 여는 것도 귀찮은지 대문의 맞배지붕을 뛰어넘었다.

설무백의 면전으로 내려선 그 기척의 주인공은 비범한 기도를 발하는 육십 대의 백의노인이었다.

그리고 그 백의노인의 뒤를 따라나선 대문을 나서는 일단의 무사들도 하나같이 범상치 않아 보였다.

"그래, 모름지기 이 정도는 돼야 할 맛이 나지!"

설무백은 그제야 만족한 미소를 지었다.

그러다가 이내 곧바로 이맛살을 찌푸리며 고개를 갸웃거렸다.

"뭐지, 이거?"

설무백이 반색한 것은 당연하게도 나타난 노인과 무사들이 상당한 수련을 거친 자들었기 때문이다.

그러나 그는 곧바로 지금 자신이 마주친 상황이 무언가 이상하다는 점을 간파할 수 있었다.

대문을 지키던 자들은 차치하고, 소란에 반응해서 나선 노인 등이 전부 다 무림세가의 사람이었다.

중원 무림의 흑도를 대표하는 단체인 흑도천상회에 정작 흑도는 보이지 않고 그 흑도에 동조하고 나선 무림세가의 무사들만 보이는 것이다.

"이건 정말 상식적인 일이 아닌데?"

대문을 뛰어넘는 것으로 성마른 자신의 성정을 드러낸 백의노인이 험악하게 인상을 쓰며 칼을 뽑아 들었다.

"선전포고도 없이 폭거를 자행한 무뢰배가 이제 와서 무슨 상식을 따진단 말이야! 헛소리 말고 목이나 길게 빼라!"

백의노인의 외침과 동시에 백의노인을 따라온 사내들이 기민하게 설무백 등을 포위했다.

설무백은 상대, 백의노인이 누군지 알고 있었다.

백의노인의 정체는 구양세가의 가신인 삼양광도(三陽狂刀) 여문부(呂文簿)였다.

본디 강호 무림을 대표하는 세가들은 사천당문처럼 엄격히 가족 구성원에게만 비기를 전수하는 무림세가만 있는 것이 아니라 평범한 가족 관계가 아니라 집사, 혹은 가신의 이름으로 다른 문파의 사람들도 받아들여서 한 가문을 이루는 경우도 적지 않고, 구양세가도 그 대표적인 가문 중 하나이다.

즉, 구양세가는 구양 씨와 상관없이 제자나 가신 등인 가솔들이 구양 씨와 더불어 또 하나의 중추를 이루는 가문이다.

삼양광도 여문부는 그중에서 원(袁) 씨와 복성인 갈천(葛天) 씨와 더불어 구양세가를 구성하는 삼대 가신 가문 중 하나인 여(呂) 씨 가문의 가주이며, 그 위치와 걸맞게 상당한 무력의 소유자로 정평이 나 있었다.

그리고 지금 그런 그의 의도에 따라 주변을 포위하는 자들은 바로 여 씨 가문의 정예들이 주를 이루는 무사들이었다.

그러나 설무백은 정작 그들이 발하는 위세 따위는 아무것도 아니었다.

그저 그런 상황으로 인해 느껴진 의혹이 그의 마음을 못내

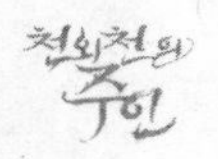

혼란스럽게 하고 있을 뿐이었다.

설무백은 상대들이 주변을 포위하건 말건 상관하지 않고 여문부를 향해 불쑥 물었다.

"지금 흑도천상회의 영내에 쾌활림을 비롯한 흑도방파의 제자들이 있나? 아, 물론 하찮은 졸개들 말고, 중견 이상인 요인들 말이야. 있어, 없어?"

여문부의 얼굴이 묘하게 일그러졌다.

왜 이런 질문을 던지는지는 모르지만, 무언가 느끼는 바가 있는 표정의 변화였다.

설무백은 그 반응으로 간파할 수 있었다.

지금 흑도천상회의 영내에는 쾌활림을 위시한 흑도방파의 제자들이 없는 것이다.

"단순한 성동격서가 아니라 공성계(空城計)를 역으로 뒤집은 반공성계(反空城計)에 이이제의(以夷制夷)까지라는 건가?"

여문부가 발끈했다.

"지금 무슨 개소리를 지껄이는 게야!"

설무백은 웃었다.

비웃음이었다.

"이거 왜이래? 지금 당신도 뭔가 느끼고 있잖아?"

"……!"

여문부가 대꾸하지 못하고 눈동자를 굴리며 침묵했다.

설무백은 보란 듯이 태연하게 주변을 두리번거리며 자신이 예측하는 바를 말했다.

"흑도방파의 애들은 아무도 없을 거야? 내부적으로, 그러니까, 윗대가리들이 어떤 얘기를 주고받았는지는 몰라도, 지금 여기 남아 있는 건 다들 무림세가의 무사들일 테지. 분명 누군가 침범할 테니 기필코 잡으라는 명령도 받았을 테고. 안 그래?"

"……!"

여문부의 안색이 눈에 띄게 굳어졌다.

입을 굳게 다문 그의 눈동자가 의혹과 불신의 감정으로 마구 흔들리고 있었다.

설무백은 그것으로 충분했다.

더는 확인할 것도 없었다.

사도진악에게 한 방 먹은 것이다.

한숨의 절로 나왔다.

"역시 사도진악이야. 내가 너무 만만하게 봤어."

설무백은 실로 속이 쓰렸다.

그리고 생각 같아서는 이대로 그냥 물러나고 싶었다.

이건 그를 노린 사도진악의 계략이 분명했다.

게다가 자신의 전력을 보존하기 위해서 구양세가를 위시한 무림세가의 전력만을 내세웠다.

구양세가 등을 완전한 자신의 편으로 인정하고 있지 않기에 가능한 계략이었다.

사도진악은 영악하게도 실패가 없는 계획을, 즉 설무백을 잡아도 좋고, 역으로 구양세가 등이 타격을 입어도 성공인 계획을 세운 것이다.

"젠장, 생각할수록 기분이 나쁘네."

그래도 이대로 물러날 수는 없었다.

설무백은 마음을 다잡으며 불신과 경악 속에 망설이고 있는 여문부를 향해 말했다.

"고작 낯선 침입자의 말 한마디에 그렇듯 정신 못 차리고 당황하는 것을 보니, 당신도 그동안 사도진악을 별반 믿지 않고 있었나 보군. 이제부터 어떤 결정을 내려도 좋은데, 더는 의심하지 마. 지금 당신이 하는 그 의심이 사실이니까. 나나 당신이나 똑같이 사도진악의 함정에 빠진 거야, 지금."

"……!"

여문부는 여전히 갈피를 못 잡은 눈치였다.

설무백은 더 이상 그에 상관없이 냉정하게 마음을 다잡고 여문부를 위시한 주변을 둘러보며 다시 말했다.

"같은 입장에 처한 사람으로서 한마디 충고해 주지. 나는 지금부터 여기 흑도천상회를 박살 낼 거다. 그냥 하는 말이 아니라 진짜로 여기 있는 건물의 기둥뿌리 하나 남기지 않고 초토화시킬 생각이다. 그러니 지금부터 내 앞을 막거나 덤비는 자는 죽는다. 살고 싶으면 내 앞에서 알짱거리지 말고 여기를 떠나라. 지금 당장!"

"……!"

여문부가 은연중에 발산되는 설무백의 기세에 압도되어서 주춤 뒤로 한 발짝 물러났다.

설무백 등의 주변을 포위하고 있던 무사들도 눈에 보이지 않는 무언가에 밀린 것처럼 한두 발짝씩 물러나고 있었다.

그러나 설무백의 충고대로 자리를 떠나는 사람은 없었다.

설무백은 당연히 그럴 줄 알았기에 별다른 기색 없이 고개를 끄덕이고는 슬쩍 손을 내밀었다.

여문부와 주변을 포위한 무사들이 지레 겁먹고 움찔했으나, 그의 손은 그들을 향한 것이 아니라 흑도천상회의 대문에 걸린 현판을 가리키고 있었다.

순간, 대문의 문마루 아래 걸려 있던 흑도천상회의 현판이 떨어져서 그의 손으로 날아왔다.

실로 무지막지한 허공섭물이었다.

주변 사람들의 눈이 커지는 그 순간, 폭음이 터졌다.

꽝-!

설무백의 손으로 날아와 부딪친 흑도천상회의 현판이 여지없이 박살 나서 사방으로 흩어졌다.

설무백이 사방으로 흩어지는 현판의 파편 사이를 뚫고 앞으로 나서며 준엄하게 외쳤다.

"시작이다!"

"익!"

여문부가 설무백의 기세에 밀려서 재차 뒷걸음질 했으나,

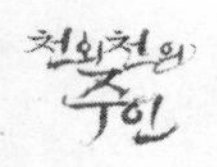

이내 입술을 깨물며 앞으로 나섰다.

"건방진 놈! 감히 여기가 어디라고 그따위 허무맹랑한 말로 사람을 현혹시키려 드는 게냐! 다들 뭐 하는 게냐! 놈의 헛소리에 놀아나지 말고 당장에 쳐라!"

정말로 설무백의 말을 불신해서 하는 말은 아닐 것이다.

상황이 아무리 설무백의 말과 같다고 해도 그는 이대로 그냥 물러날 수가 없는 것이다.

과연 그의 말에 힘을 얻은 무사들이 저마다 수중의 검을 곧추세우며 전의를 불태웠다.

"용기는 가상하다만……!"

설무백은 무심하게 중얼거리며 앞으로 손을 내밀었다.

순간, 검을 내세우며 앞으로 나서던 여문부의 목이 그의 손아귀로 딸려 왔다.

마치 여문부가 스스로 다가와서 그의 손아귀에 목을 내미는 것처럼 보이는 상황이었다.

"헉!"

여문부가 헛바람을 삼키는 것으로 그것이 자신의 의도가 아님을 명확히하며 수중의 검을 발작적으로 휘둘렀다.

설무백은 아무렇지도 않게 여문부가 휘두른 검을 다른 손으로 잡았다.

그리고 여문부의 목을 잡은 손아귀에 힘을 주었다.

우득—!

섬뜩한 소음이 울리며 두 눈을 부릅뜬 여문부의 얼굴이 옆으로 기울어졌다.

비명을 지를 사이도 없는 죽음이었다.

설무백은 그런 여문부의 주검을 옆으로 내던지며 다른 손에 들고 있던 검신을 손가락으로 튕겼다.

쨍—!

예리한 금속성이 터지며 여문부의 검이 산산조각 나서 흩어졌다.

설무백은 아무렇지도 않게 손을 털며 앞으로 나아가기 시작했다.

때를 같이해서 어느새 도끼를 뽑아 든 공야무륵이 움직이고, 암중의 흑영과 백영이 주변을 포위한 무사들 사이에서 홀연히 모습을 드러냈다.

그다음은 비명 또 비명이었다.

"으악!"

"크아악!"

설무백은 더는 주변의 상황에 신경 쓰지 않고 흑도천상회의 대문 안으로 발길을 옮겼다.

철면신이 그림자처럼 그의 뒤를 따랐다.

아니, 그림자처럼이 아니라 정말로 그림자인 것 같았다.

대문 안으로 들어서자 전방의 전각과 전각 사이에서 모습을 드러낸 일단의 무사들이 우르르 달려오고 있었으나, 그는 여전

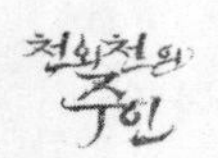

히 무심하게 꼼짝도 하지 않고 설무백의 뒤에 서 있었다.

설무백의 명령 없이는 그 어떤 상황에서도 절대 움직이지 않는 것이다.

"그래도 너를 공격하는 건 알아서 방어해라? 응?"

설무백이 혹시나 하는 마음에 당부하자, 철면신이 특유의 말투로 대답했다.

"방어한다, 알아서. 알아서 지킨다, 주인도. 강시다, 나는. 바보 아니다."

설무백은 경황 중에 강시가 바보보다 나은 건지 잠시 아리송해졌다.

'어째 지능이 점점 나아지는 것 같기도 하고, 아닌 것 같기도 하고…….'

설무백이 그런 생각을 하는 사이에 전방의 전각과 전각 사이를 벗어난 무사들은 벌써 면전에 이르러 있었다.

그러나 그가 굳이 손을 쓸 필요는 없었다.

어느새 여문부와 함께 나섰던 무사들을 처리한 공야무륵이 벌써 그의 전면에 있었다.

"적이다!"

"놈들을 잡아라!"

사방에서 경고가 발해졌다.

어디선가 요란한 경종이 울리기 시작한 것도 그 순간이었다.

공야무륵의 손에 도끼 하나가 추가되었다.

그 상태로, 흡사 폭풍처럼 사나운 기세를 일으킨 그의 신형이 쇄도하는 무사들을 휩쓸기 시작했다.

"컥!"

"크악!"

단말마의 미명이 연이어 터지는 가운데, 피와 살점이 난무했다.

공야무륵이 그렇게 길을 열고 있었다.

설무백은 아무렇지도 않게 공야무륵이 만드는 길을 따라 걸었다. 붉은 피와 살점으로 장식된 길이었다.

공야무륵을 피해서 우회하는 자들도 있었다.

몰려드는 적의 숫자가 급격히 불어나기도 했지만, 연무장을 지나서 전각군 사이로 들어서자, 담을 타거나 지붕을 이용해서 공야무륵의 뒤를 따라 걷고 있는 설무백을 노리는 자들이 늘어났다.

하지만 그들 역시도 설무백을 건드리지 못했다.

설무백을 건드리기는커녕 근처에 다가설 수도 없었다.

흑영과 백영이 그의 좌우측을 비호하고 있었기 때문이다.

그러던 어느 한순간!

"멈추어라!"

천각군 사이로 진입해서 처음 마주하는 정원으로 들어설 때였다. 중후한 내공이 실린 일갈과 함께 공야무륵을 강타하는 일격이 있었다.

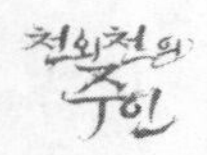

꽝-!

폭음이 터졌다. 강격한 장력이었다.

시종일관 거칠 것 없이 전진하던 공야무륵의 발걸음이 처음으로 멈췄다.

교차한 상태로 누군가 상대의 장력을 막아 낸 그의 쌍도끼에서 연기가 피어나는 가운데, 그의 발이 발목까지 땅에 파고든 상태였다.

다만 장력을 날린 상대, 오십 대 전후로 보이는 청수한 학자풍의 노인도 그리 무사하지는 않았다.

뒤로 주륵 서너 장이나 밀려 나갔고, 앞으로 내밀어져 있는 두 손을 바르르 떨며 오만상을 찡그리고 있었다.

막대한 여파에 두 손이 순간적으로 찌릿하게 마비되어 버린 것이다.

공야무륵이 작금의 사태를 인정할 수 없다는 듯 발목까지 빠진 두 발을 빼내고 앞으로 나섰다.

"잠깐."

설무백은 슬쩍 한마디 흘려서 공야무륵을 제지했다.

공야무륵이 싫지만 어쩔 수 없다는 듯 학창의를 걸친 청수한 학자풍의 노인을 노려보며 물러났다.

학창의노인의 뒤에서 일단의 무리가 모습을 드러낸 것은 그 때였다.

설무백은 그들, 무리를 첫눈에 알아보며 특유의 미온한 미소를 입가에 드리웠다.

전각의 모퉁이를 돌아서 나타나는 바람에 갑자기 학창의노인의 뒤로 모습을 드러낸 것처럼 보이는 그들은 바로 구양세가의 전대 가주인 신도귀명 구양청과 구양세가의 주력대세의 선두로 알려진 십전옥룡 구양일산 등이었던 것이다.

"이제야 알겠네."

설무백은 모습을 드러낸 구양청 등 덕분에 공야무륵을 막아선 학창의노인이 누군지 짐작할 수 있었다.

"구양세가의 전대 가주인 구양청에게 남몰래 부리는 두 개의 그림자가 있다고 들었지. 본래는 가주의 비직(秘職)으로 세습되는데, 이번의 그림자들은 그걸 거부했다던가?"

설무백은 싱긋 웃는 낯으로 앞서 공야무륵의 앞을 막았던 학창의노인을 바라보며 재우쳐 물었다.

"당신은 그중 누구지? 사노? 아니면 화노?"

"……!"

학창의노인이 대답 대신 이채로운 눈빛으로 설무백을 바라보았다.

애써 내색은 삼가고 있으나, 자신의 정체를 알아보는 그에게 매우 놀란 눈치였다.

그때 구양청이 대신 대답했다.

"그는 사노일세. 놀랍군. 사노와 화노는 대외적으로 밝히지 않은 본가의 기밀인데, 그걸 어찌 알고 있는 게지?"

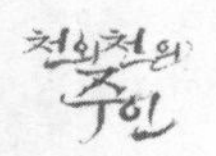

"내가 좀 발이 넓어서……."

설무백은 대수롭지 않게 에둘러 대꾸하며 어깨를 으쓱하고는 자못 냉정해진 눈빛을 구양청에게 던졌다.

"그보다 아직 내 경고가 전달되지 않은 건가?"

구양청이 그저 소리 없이 웃었다.

노강호답게 진위를 알아보기 어려운 반응이었다.

하지만 구양청의 주변에 서 있는 화노와 구양일산 등의 반응은 달랐다.

한층 싸늘해진 눈빛으로 설무백을 쏘아보고 있었다.

분노를 넘어서 살기로 진행되는 감정의 격류가 쏟아지는 눈빛이었다.

설무백의 경고가 이미 전달되었다는 방증이었다.

설무백은 그런 그들의 눈빛을 마주하며 상황을 인지했다.

그리고 구양청을 따라하듯 웃는 낯으로 돌아가서 다시 말했다.

"혹시 내 의도와 다르게 전달되었을 수도 있으니, 우리가 서로 같은 처지임을 감안해서 한 번 더 말해 주지. 나는 오늘 여기 흑도천상회를 쓸어버리기로 작정했고, 보다시피 실행하고 있는 중이야. 단, 도망치는 자는 쫓지 않겠어. 그러니 살고 싶으면 여기를 버리고 떠나면 돼."

그는 말미에 물었다.

"어떻게 할래?"

사노와 화노가 분노를 더하는 가운데, 구양일산이 더는 참지 못하겠다는 듯 앞으로 나섰다.

"이런 건방진……!"

구양청이 슬쩍 손을 내밀어서 구양일산을 제지했다.

구양일산이 감히 그의 손을 뿌리치지는 못하고 분노를 토했다.

"할아버지!"

구양청이 구양일산의 분노를 외면한 채 설무백을 향해 새삼 미소를 지으며 말문을 열었다.

"같은 처지라……."

그는 의미심장한 표정으로 재우쳐 물었다.

"자네는 우리가, 천하의 이 구양세가가 정말로 사도진악의 장난에 놀아났다고 생각하나?"

설무백은 시큰둥하게 되물었다.

"아니라는 건가?"

"당연히 아닐세."

구양청이 태연하게 웃는 낯으로 말을 자르며 부연했다.

"사도진악이 뜬금없이 개방을 노린다고 했을 때부터 노부는 그에게 무언가 다른 속내가 있음을 간파하고 있었네. 그리고 그가 직접 나서는 것도 부족해 개방의 방대함을 빌미로 예하의 다른 흑도 무리까지 총동원하는 것을 보고 알았지. 이거구나, 누군가 여기를 노리도록 유도하는 거구나, 하고 말이야."

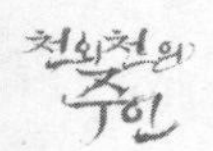

설무백은 어디까지나 심드렁하게 물었다.

"그걸 알고도 모르는 척했다? 누가 오든 얼마든지 처리할 자신이 있어서?"

구양청이 칭찬하듯 대답했다.

"바로 그걸세. 괜히 알은척을 해서 사도진악의 적개심을 사는 것보다는 속아 주는 게 백번 낫다는 판단이지. 보아하니 자네도 이미 아는 것 같은데, 사도진악 그자, 마교의 손을 잡고 있어서 척을 지면 나로서도 아주 곤란하거든."

설무백은 웃었다.

이건 정말 그로서도 짐작하지 못한 의외의 상황이라 매우 흥미로웠다.

구양청이 이렇듯 대놓고 솔직하게 나오는 것에는 그만한 이유가 있을 거라는 생각이 들어서 더욱 그랬다.

"사도진악이 영감의 그런 생각까지 읽고 있다는 생각은 안 해 봤어? 내가 아는 사도진악은 능히 그 정도 얍삽한 머리는 있거든."

구양청이 어깨를 으쓱하며 대답했다.

"왜 안 했겠나. 했지."

"그래도 결론은 차라리 이게 낫다?"

"그러네. 아직은 사도진악과 척을 질 수 없음이야."

설무백은 웃었다. 그리고 물었다.

"아직도 그 생각에 변함이 없나?"

구양청이 어깨를 으쓱하며 대답했다.

“어쩌면 자네일지도 모른다는 생각도 상정했네. 누가 뭐래도 자네는 작금의 강호에서 가장 위험한 인물 중 하나이니까.”

그는 새삼 태연하게 웃는 모습으로 주변을 둘러보며 말을 더 했다.

“여기는 중정일세. 그리고 여기 흑도천상회에서 우리 구양세가의 진영은 후방에 속해 있다네. 그게 노부와 자네가 여기 중정에서 마주친 이유일세. 보다시피 지금 자네를 포위하고 있는 것은 우리 구양세가를 포함한 각대문파의 정예들이고, 그 인원은……!”

“얼추 일천 명가량 되겠네.”

구양청이 이맛살을 찌푸렸다.

대수롭지 않게 그의 말을 끊고 나서는 설무백의 태도가 매우 눈에 거슬리는 것이다.

“태연하군.”

“태연하지 않을 이유가 없으니까.”

“지금 이 사태를 넘어설 자신이 있다는 건가?”

“영감이 사도진악의 의중을 익히 파악했으면서도 지금 이 자리를 고수했다면 나 역시 그럴 수도 있다는 것까지 상정해 지금 이 자리에 나선 거거든.”

구양청이 회심의 미소를 지으며 말했다.

“거기에 마교의 손을 잡은 것이 사도진악만이 아닐 수도 있

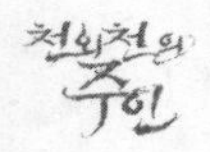

다는 것까지 상정했을까?"

이건 실로 자백, 혹은 자인과 다름없었다.

지금 구양청은 질문의 형식을 빌렸을 뿐, 사도진악만이 아니라 그들, 구양세가도 마교의 손을 잡았다고 고백한 것이다.

그러나 설무백은 추호도 놀라거나 당황하지 않았다.

이미 알고 있는 사실이었기 때문이다.

"응."

설무백은 당연하다는 듯이 짧게 대꾸하고는 주변을 둘러보며 아무렇지도 않게 말을 덧붙였다.

"마공을 습득한 애들을 멀찍이 뒤쪽에 포진시켜 놨군. 설마 걔들이 나서기도 전에 싸움이 끝날 수도 있다고 생각한 건가?"

"……!"

구양청이 이제야말로 안색이 변해서 새삼스러운 눈초리로 설무백을 바라보며 감탄했다.

"대단하다는 소문은 익히 들어왔지만, 자네 정말 소문보다 더 대단하군. 소문은 자네의 진면목을 절반도 제대로 드러내지 못하는 것 같으이. 인정하네. 하지만!"

그는 서릿발처럼 싸늘한 눈빛으로 변해서 고개를 저으며 말을 덧붙였다.

"그래서 더욱 살려 둘 수 없겠어. 살려 두면 언제고 우리 구양세가의 미래를 막을 걸림돌이 될 것이 너무도 확실해 보여서 말일세. 미안하이."

설무백은 무슨 말인지 충분히 이해한다는 듯 고개를 끄덕였다. 그리고 무심한 어조로 경고했다.

“사과까지 듣고 그냥 넘어가는 건 도리가 아니니, 마지막 기회를 주지. 구양세가를 보존하고 싶으면 지금 물러나. 싸움이 시작되면 물러나고 싶어도 물러날 수 없을 뿐더러, 설령 물러난다고 해도 이 자리에서 엮인 악연으로 인해 같은 하늘을 지고 살 수 없는 사이가 될 테니까.”

구양청이 실소하며 물었다.

“자네의 무위는 인정하는 바이나, 정말 그 인원으로 그게 가능하다고 생각하는가?”

설무백은 대답 대신 문득 하늘을 올려다보았다.

잿빛으로 물든 하늘이었다.

검게 그늘진 뭉게구름 아래로 새 한 마리가 날고 있었다.

“때마침 왔네.”

구양청이 어리둥절해진 표정으로 고개를 갸웃거리는 사이, 그의 뒤쪽 어딘가에서 단말마의 비명이 터졌다.

“크악!”

구양청이 놀라고 당황한 눈빛으로 설무백을 바라보았다.

설무백은 태연하게 웃는 낯으로 어깨를 으쓱했다.

“나도 머리가 있는데, 대가리 숫자에는 장사가 없다는 말을 모르지 않지.”

구양청의 눈가에 파르르 경련이 일어났다.

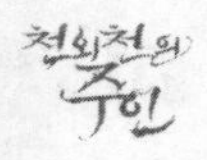

설무백은 그에 상관하지 않고 예리해진 눈빛으로 구양청을 바라보며 재우쳐 말했다.

"아직 늦지 않았는데?"

구양청이 발작적으로 소리쳤다.

"쳐라!"

살기가 비등했다.

사방에서 쇄도하는 기세가, 어림잡아도 수십 개의 검극이 거대한 해일처럼 일어났다.

설무백 등을 포위하고 있는 자들 중에서도 유독 예리한 기세를 품고 있던 자들이 일거에 나선 것이다.

공야무륵과 흑영, 백영이 반사적으로 반응했다.

그러나 설무백의 두 팔이 그 전에 먼저 좌우로 활짝 펼쳐졌다.

꽝-!

요란한 벽력음이 터졌다.

그 뒤를 억눌린 신음과 단말마의 비명이 따랐다.

"헉!"

"크윽!"

설무백을 향해 덮치던 사내들이 거의 동시에 무언가 보이지 않는 철벽과 충돌한 것처럼 혹은 강렬한 철퇴에 가격당한 사람들처럼 속절없이 나가떨어지고 있었다.

설무백이 발산한 고도의 호신강기가 쇄도하던 그들을 튕겨

낸 것이다.

설무백은 거기서 멈추지 않고 한 발짝을 멀리 내딛는 진각을 밟았다.

그리고 와중에 한마디 냉소를 날리며 말했다.

"권주를 마다하고 벌주를 받겠다면야 낸들 다른 도리가 없지! 확실하게 죽여 주는 수밖에!"

진각을 밟음과 동시에 옆구리로 당겨졌던 설무백의 주먹이 검은 불꽃처럼 이글거리는 기운에 휩싸이며 대지를 강타했다.

꽝-!

다시금 벽력이 터지고 뇌성이 울었다.

주변의 공기가 우렁우렁 우는 가운데, 설무백을 기점으로 대지를 뚫고 나온 강기의 기둥들이 마치 거대한 부챗살처럼 전방으로 밀려 나가며 하늘 높이 솟구쳤다.

"크악!"

"으아악!"

단말마의 비명이 꼬리를 물고 이어졌다.

대지가 뒤집어지며 붉은 피와 살점이 어지럽게 난무했다.

설무백의 전방에 있던 건물들이 박살 나서 통째로 날아가거나 속절없이 주저앉았다.

그야말로 초토화였다.

다만 그 와중에도 구양청은 죽지 않았다.

비단 그만이 아니라 그의 곁을 지키고 있던 사노와 화노, 그

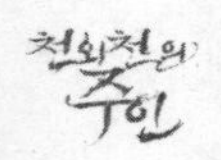

리고 구양일산 등도 살아 있었다.

구양청과 사노 등이 간발의 차이로 사력을 다한 쌍장을 연이어 날리며 물러나서 간신히 화를 모면한 것인데, 그래도 이미 적잖은 대가를 지불한 상태였다.

모두가 산발한 머리에 너덜너덜한 의복으로 변해 버렸다.

가장 정면에서 설무백이 일으킨 경력을 감당한 구양청의 몰골은 특히나 말이 아니었다.

두 발은 발목까지 땅속에 박혀 있었고, 산발한 머리는 검게 그을려서 덕지덕지 달라붙었으며, 의복 역시 찢겨진 것만이 아니라 여기저기 부분적으로 녹아서 살과 붙어 버린 모습이었다.

하지만 무엇보다도 심각한 것은 그의 입가로 흘러내리는 핏물이었다.

붉다는 느낌보다는 투명하다는 느낌을 주는 핏물, 한 방울마다 일 년의 공력이 담긴 진원지기(眞元之氣)인 기혈(氣血)이었다.

그 상태로, 구양청은 경악과 불신에 찬 눈빛으로 설무백을 바라보며 말을 더듬었다.

"어, 어떻게 이것이……? 미, 믿을 수 없다!"

설무백은 냉정한 듯 무심한 눈빛으로 그런 구양청을 향해 뚜벅뚜벅 나가가며 말했다.

"이젠 늦었어. 후회는 아무리 빨라도 늦는 법이니까."

"놈!"

구양청의 반응과 무관하게 매서운 일갈을 내지른 사노와 화노가 몸을 날려서 설무백을 덮쳤다.

사노의 손에 들린 장검이 살아 있는 뱀처럼 휘어지며 수십 개의 곡선을 그리고, 화노의 손에 들린 사각의 철도가 불규칙한 선으로 어지럽게 이어진 사선을 수놓았다.

순간, 그들과 설무백의 사이에 검은 불꽃처럼 이글거리는 수백의 칼 그림자가 가득 찼다.

"실수하네? 내 앞에서 마공을 펼치는 건 죽음을 자초하는 짓인데 말이야!"

꽈앙-!

검은 불꽃처럼 이글거리는 수백 개의 칼 그림자 속에서 한 줄기 백색의 번개가 치는가 싶더니, 수십 개의 칼 그림자가 거짓말처럼 사라져 버리고 백색의 번개 한 줄기만이 공간을 사르며 사노의 가슴에서 폭발했다.

"컥!"

사노의 몸이 허공에 떴다.

그의 손에 들린 칼은 이미 바위에 짓이겨진 대나무처럼 산산조각으로 깨져서 흩어져 버리고 손잡이만 남아 있었다.

쿵-!

허공으로 높이 떠올랐다가 한참 만에 떨어진 사노가 바닥에 나뒹굴었다.

그의 가슴은 불에 탄 것처럼 검게 그을린 채로 짓이겨져 있었고, 그의 입에서는 검은 핏물이 꾸역꾸역 흘러나오고 있었다.

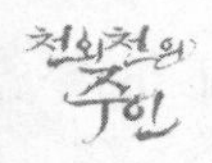

그러나 그보다 더 처참한 것은 화노였다.

허공을 수놓았던 칼 그림자들이 사라져 버리는 그 순간, 화노는 설무백이 내민 손아귀에 목이 잡힌 채 허공에서 바동거리고 있었다. 아니, 정확히는 단번에 수백 년의 세월을 맞이하는 사람처럼 빠르게 시들어서 푸석푸석한 목내이(木乃伊 : 미라)의 모습으로 변해 버렸다.

흡령력, 이른바 흡정흡기신공이었다.

설무백은 이내 비명도 지르지 못한 채 말라비틀어져서 죽은 화노의 주검을 무심하게 한쪽으로 내던지며 새삼 경악하고 있는 구양청 등에게 시선을 던졌다.

"다음은 누구?"

호가호위狐假虎威 (1)

"네, 네가 정말 푸, 풍잔의 설무백인가?"

경악과 불신의 눈빛을 던지고 있던 구양청이 어렵사리 입을 열어서 말을 더듬었다.

시간이 정지한 것처럼 얼어붙은 장내에서 그의 목소리는 너무나도 선명하게 장내에 퍼져 나갔다.

설무백은 구양청의 질문에 대답하지 않았다.

질문이 아니라 절망의 탄식이라고 느꼈기 때문이다.

그래서 그는 대답 대신 주변을 포위하고 있는 모두를 향해 말했다.

"덤비면 죽는다. 목숨을 부지하고 싶으면 지금 당장 이 자리를 떠나라."

설무백의 목소리는 나직했으나, 상당한 내공이 실려 있어서 장내에 있는 모두가 선명하게 들을 수 있었다.

그리고 그런 신기를 발휘하는 설무백의 모습은 바람에 휘날리는 은빛 머리카락과 뇌전보다도 더 강렬한 빛을 발하는 두 눈동자로 인해 도무지 현실의 존재로 보이지 않았다.

하지만 그럼에도 불구하고 선뜻 물러나는 자는 없었다.

다들 하나같이 설무백을 두려워하는 기색이 역력했으나, 애써 버티고 서 있었다.

그럴 수밖에 없는 일이었다.

지금 그들에게 두려움 따위는 중요하지 않았다.

지는 게 뻔한, 그래서 죽는 게 예정되어 있는 싸움이라도 해야만 할 때가 있는 법이다.

지금의 그들이 그랬다.

무인의 자존심과는 아무런 상관이 없었다.

형제와 동문의 시체를 앞에 두고 비겁하게 물러설 수가 없는 것이다.

"갸륵하네."

설무백은 묘한 표정으로 고개를 끄덕이며 뇌까렸다.

비웃음이 아니라 진심으로 하는 말이었다.

그러나 그건 그것이고, 이건 이것이었다.

적의 행동이 심정적으로 이해할 수 있다고 해서 그게 싸움을 포기할 이유는 될 수 없었다.

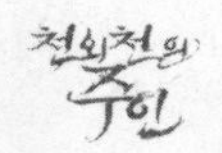

"뜻대로 해 줘라."

나직하나 단호하게 명령한 설무백의 시선은 곁에 서 있는 철면신에게 돌려지고 있었다.

공야무륵과 흑영, 백영이 전광석화처럼 튀어나간 다음이었다.

철면신은 그 뒤에 움직였으나, 그들보다 빨리 적진 사이에 모습을 드러내며 살수를 펼쳤다.

딱히 기공을 운기한 것 같지 않았다.

수족을 놀리는 수법 또한 고도의 초식으로 보이지 않았다.

그저 이리저리 움직이며 여느 뒷골목의 건달처럼 마구잡이식으로 주먹을 휘두르고 있었다.

그런데 그걸 막는 자가 없었다. 아니, 막는 자가 없다기보다는 막아도 막은 것이 아니었다.

손으로 막으면 손이 부러져 나가고, 칼로 막으면 칼이 부러져 나갔다.

그뿐 아니라, 철면신의 손과 발은 거기서 멈추지도 않았다.

강력한 힘을 내포한 채 그대로 밀고 들어가서 그 손과 칼의 주인의 목을 부러트리고, 머리를 박살 내 버렸다.

퍽-!

"으악!"

콰직-!

"크아아악!"

대번에 섬뜩한 소음과 찢어지는 단말마가 뒤엉켰다.

철면신의 모습이 붉은 혈인으로 바뀐 것도 잠시였다.

무자비한 공격일변도라 적의 칼날에 전신이 베이고 쓸렸으나, 그의 몸에서 나온 피는 하나도 없었다.

적의 몸에서 뿌려진 핏물이 삽시간에 그의 전신을 적셔 버린 것이다.

다만 전신이 삽시간에 핏물에 젖어 버린 것은 철면신만이 아니었다. 공야무륵도 그랬다.

공야무륵도 철만신과 마찬가지로 굳이 적의 공격을 피하지 않고 마주치며 적을 도살하고 있었기 때문이다.

머리가 수박처럼 터져 나가고, 몸이 반으로 쪼개지거나 허리가 동강나서 죽어 가는 적의 허연 뇌수와 붉은 핏물을 그는 전혀 피하지 않고 고스란히 뒤집어쓰며 흉신악살의 모습으로 적을 도살하고 있었다.

반면에 흑영과 백영의 모습은 매우 멀쩡했다.

그들은 적의 핏방울이 닫기도 전에 자리를 이동해서 새로운 적의 목을 베거나 가슴을 찌르는 동작을 반복했고, 그 움직임은 실로 눈부시게 빨라서 핏물이 몸에 묻을 시간이 없었다.

그래서 그들은 느리게 움직이는 대신에 적극적으로 적을 맞이해서 싸우는 공야무륵이나 철면신과 비교해서 상대적으로 적은 숫자의 적을 상대하고 있었으나, 적에게 공포를 안겨 준다는 측면에서는 공야무륵이나 철면신보다 그들이 더했다.

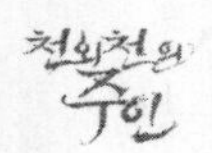

언제 어디서 나타날지 모르는 칼날에 대한 두려움이었다.

사람은 누구나 다 보이는 것보다 보이지 않는 것에 대한 두려움이 더 크기 마련인 것이다.

장내는 그렇듯 삽시간에 아수라장이 되어서 한 장의 지옥도로 변해 갔다. 그리고 그 모습은 실로 이해하기 어려운 모순으로 다가왔다.

적어도 구양청은 그렇게 느껴졌다.

일천에 달하는 다수가 고작 서너 명에게 핍박당하고 있었다.

후방에 배치한 수하들이, 바로 마공을 습득한 고수들이 기민하게 나서고 있었으나, 상황은 조금도 달라지지 않았다.

말 그대로 양 떼 우리에 늑대들이 뛰어든 것 같은 광경이 그의 눈앞에서 펼쳐지고 있는 것이다.

게다가 늑대는 그쪽에만 있지 않았다.

지금 그도 그런 늑대를 마주하고 있었다.

그것도 늑대들의 대장이었다.

설무백이 무심한 표정으로 그에게 다가서고 있었다.

"으……!"

구양청은 설무백과의 거리가 가까워질수록 가중한 압력이 어깨를 짓누르는 것을 느꼈다.

가공할 위세, 무지막지한 존재감이었다.

오래전에 이미 추위와 더위를 느끼지 못하는 한서불침(寒暑不侵)의 경지에 오른 그가 옷까지 축축해지도록 식은땀을 흘리고 있었다.

두려움과 무서움, 바로 공포였다.

그는 끝내 버티지 못했다.

"도주해라!"

구양청이 구십 평생 단 한 번도 입에 담지 않던 말이 튀어나왔다.

장내의 상황은 아니, 그에 앞서 눈앞에서 다가오는 설무백에게 느끼는 압력은 그처럼 가공한 것이다.

다행히도 그의 곁에 시립해 있던 십여 명의 가신들이 곧바로 반응해 주었다.

대번에 신형을 날려서 설무백을 공격하고 있었다.

실로 충직하게도 오랜 세월 동안 몸에 배인 습관대로 구양청과 구양일산 등, 주군 가문의 혈족들이 자리를 피할 시간을 벌어 주려고 목숨을 내던진 것이다.

그러나 허무했다.

사력을 다해서 설무백을 덮친 십여 명의 가신들이 마치 폭죽처럼 허공에서 터져 버렸다.

설무백이 쌍수를 펼치는 순간과 동시에 벌어진 일이었다.

퍼퍽-!

뒤늦게 섬뜩한 파열음이 장내를 관통했다.

사람의 육신이, 그것도 십여 명이나 되는 사람들이 졸지에 붉은 피와 허연 뇌수로 바뀌어서 사방으로 뿌려지는 처참한 광

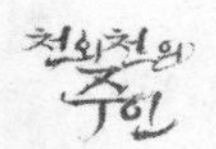

경이 펼쳐진 것이다.

그때 구양일산이 그 사이를 뚫고 날아올랐다.

"죽어라!"

악에 받힌 목소리로 외치는 그의 두 눈은 놀랍게도 흰자위가 없이 검게 번들거리고 있었고, 그의 전신은 물론, 앞으로 내밀어진 장심도, 바로 손바닥도 검은 광체를 발하는 안개에 휩싸여서 거대해진 상태였다.

설무백은 경계하기보다는 반색했다.

그는 이런 식으로 발현하는 마공에 대해서 알고 있었다.

"귀천마가(鬼天魔家)였군."

그랬다.

지금 구양일산이 펼친 무공은 마도오문의 하나인 귀천마가의 비전마공 중 하나인 귀령마공(鬼靈魔功)에 기반한 귀령마각수(鬼靈魔角手)였다.

구양세가는 마도오문 중 귀천마가의 손을 잡고 있었던 것이다.

"내가 그랬지. 내 앞에서 마공을 펼치는 건 실수라고. 죽음을 자초하는 짓이라고."

설무백이 냉소하는 와중에 손을 뻗어 냈다.

소리도 없고, 보이지도 않는 무형의 강기가 그의 손으로부터 뻗어 나왔다.

극도로 흥분한 상태인 구양일산은 그걸 느끼지 못했으나,

상대적으로 냉정하게 사태를 파악하던 구양청은 그것을 바로 느꼈다.

보이지는 않지만 무언가 강력한 기운이 구양일산을 향해 뻗어진다는 것을 추측할 수 있었다.

"안 돼! 물러나라!"

구양청은 다급히 외치며 본능적으로 지상을 박차고 날아올라서 설무백을 향해 쌍장을 날렸다.

그러나 이미 늦었다.

꽝-!

설무백의 손에서 뻗어진 강기는 무섭도록 빨랐다.

그리고 강력했다.

그가 손을 드는 순간과 동시에 그에게 쇄도하던 구양일산의 가슴에서 강렬한 폭음이 작렬했다.

설무백이 발휘한 기세가 패도적이기로 고금을 통틀어 손꼽힌다는 회대의 마학(魔學)인 귀령마각수를 속절없이 파괴하고 파고들어가 구양일산의 가슴을 타격한 것이다.

기실 이건 귀령마각수가 이유를 모르게 시전자인 구양일산의 의도와 달리 또한 평소의 화후와 현격히 다르게 매우 낮은 경지로 펼쳐졌기 때문인데, 그 이유는 그 자신도 몰랐고, 이해할 수도 없었다.

그 와중에 구양청이 다급하게 나서며 펼친 장력은 설무백의 몸에 닿지도 않았다.

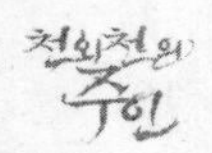

펑—!

단단하게 조인 가죽 북이 터지는 듯한 소음이 터지긴 했으나, 그건 설무백의 몸에 닫기도 전에, 정확히는 한 자 이상이나 떨어져서 울린 폭음에 불과했다.

갑작스럽게 펼치는 통에 전력을 다하지 못했다고는 하나, 그의 장력이 고작 설무백의 호신강기조차 뚫지 못한 것이다.

그리고 오히려 구양청은 두 손이 찌릿하게 마비되는 통증을 느끼며 뒤로 튕겨졌다.

그사이!

"크으으……!"

구양일산이 허공에 피를 뿌리며 날아가서 저 멀리 무너진 건물의 잔해에 처박혔다.

다행히 죽지는 않았다.

반사적으로 신형을 날려서 구양일산의 신형을 받쳐 준 손길이 적잖은 도움을 주었다.

뒤로 물러나 있던 그의 여동생, 구양신지가 적시에 나서서 그를 도운 것이다.

다만 그대로 있었으면 좋으련만, 그는 그러지 않았다.

"으……!"

피를 흘리는 입으로 어금니를 악문 그는 신경질적으로 구양신지의 부축을 뿌리치며 앞으로 나서고 있었다.

"……죽인다!"

악에 받친 구양일산의 모습을 본 구양청은 발작적으로 신형을 날리며 소리쳤다. 아니, 울부짖었다.

"물러나라 일산아! 여기서 구양세가가 멸문할 수는 없다! 물러나야 한다, 일산아!"

그 말에 구양일산이 주춤 행동을 멈추었다.

여전히 마공을 운기한 채라 검은 눈빛, 분노에 겨워서 씨근덕거리는 모습이긴 하나, 더는 나서지 않고 구양청을 돌아보고 있었다.

그러나 다시금 공격에 나서려던 그의 행동에 대한 설무백의 응징은 멈추지 않았다.

설무백이 뻗어 낸 손은 벌써 구양일산을 가리키고 있었다.

앞서 구양일산의 가슴에 작렬한 그 기운이 이미 쏘아진 것이다.

"우와아아아아……!"

구양청의 입에서 짐승의 포효와도 같은 고함이 터져 나왔다.

지르고 싶어서 지르는 고함이 아니었다.

전신의 내력을 다해서, 실로 사력을 다해서 경공에 속도를 붙이는 와중에 절로 터져 나온 기합이었다.

그리고 다행히 늦지 않았다.

꽝-!

폭음이 터지며 구양청의 신형이 태풍에 휩쓸린 가랑잎처럼 저 멀리 나가떨어졌다.

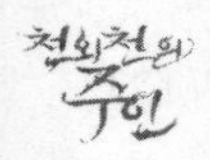

구양일산을 향해 뻗어지던 설무백의 장력을 몸으로 막은 결과였다.

"크으……!"

바닥을 몇 바퀴나 구르다가 겨우 일어난 구양청은 절로 새우처럼 허리를 접으며 피를 토했다.

"할아버지!"

다급하게 신형을 날린 구양일산과 구양신지가 그의 곁으로 와서 부축했다.

구양청은 그런 그들의 손을 강하게 부여잡으며 핏물이 흘러나오는 입으로 거듭 말했다.

"물러나라! 물러나야 한다!"

그때 어느새 그들의 면전으로 다가선 설무백이 무심한 듯 냉정한 목소리로 말했다.

"누구 마음대로? 난 이미 충분히 경고했고, 더는 양보해 주고 싶은 생각이 전혀 없는데?"

구양청이 애써 구양일산과 구양신지의 부축을 뿌리치고 일어나서 피 묻은 입술을 소매로 닦았다.

그리고 내력을 담은 우렁찬 목소리로 외쳤다.

"싸움을 멈춰라!"

싸움이 멈추었다.

지근거리에 있는 사람들이 구양청의 쩌렁쩌렁한 목소리에 귀를 틀어막은 것이다.

다만 모든 싸움이 다 멈춘 것은 아니었다.

유일하게 한 사람, 피 칠갑을 한 철면신은 여전히 물불 가리지 않는 잔인한 손 속으로 도살을 자행하고 있었다.

구양청이 그 모습을 확인하며 애절한 눈빛으로 설무백을 바라보았다.

"설 공자!"

설무백은 어쩔 수 없이 철면신을 불렀다.

"그만, 이리 돌아와!"

철면신이 거짓말처럼 살육을 멈추며 설무백의 곁으로 돌아왔다.

구양청이 그 순간을 기다리고 있다가 바로 설무백을 향해 정중히 공수했다.

"패배를 인정하네. 우리 구양세가는 오늘 이후부터 마교가 잠들지 않는 이상 절대 강호 무림의 일에 나서지 않겠네. 그러니 부디 너그러운 선처로 아이들의 목숨을 용인해 주시게나."

설무백은 슬며시 이맛살을 찌푸렸다.

다른 건 몰라도 이런 식의 인정과 굽힘에는 강하게 나가지 못하는 것이 그의 성정이었다.

쓰게 입맛을 다신 그는 애써 냉정하게 확인했다.

"내가 그 말을 어떻게 믿지?"

구양청이 답변에 앞서 구양일산과 구양신지를 향해 말했다.

"잘 들어라. 저 사람에게는 마공을 누르고 억압하는 기운이 있다. 그게 어떻게 가능한 것인지는 이 할아비도 잘 모르겠으나, 이는 너무도 분명하고 확실한 사실이다. 하니, 물러나야 한다. 너희들에게 패배를 인정할 수 있는 용기가 없다면 구양세가의 미래는 없음이다."

구양일산과 구양신지가 새파랗게 질린 표정으로 구양청을 바라보았다.

지금의 구양청에게서 무언가 형용하기 어려울 정도로 불길한 느낌을 받았기 때문이다.

구양청은 가만히 웃는 낯으로 그들의 시선을 외면하며 설무백을 향해 말했다.

"피로서 약속하겠네."

말리고 자시하고 할 틈도 없었다.

말을 끝내기도 전에 두 손을 들어 올린 그는 그대로 스스로의 머리를 쳐서 깨뜨려 버렸다.

피와 뇌수가 튀는 가운데, 머리를 잃은 구양청의 신형이 썩은 기둥처럼 옆으로 쓰러졌다.

장내가 얼어붙은 듯이 조용해 졌다.

구양일산과 구양신지는 말할 것도 없고, 그 광경을 목도한 장내의 다른 사람들이 이 사태를 믿지 못하겠다는 듯 멍하니 바라만 보고 있었다.

설무백은 마음이 복잡해졌다.

애초에 절대로 후환을 남기지 않겠다는 작심을 했으나, 예기치 못한 구양청의 죽음을 보자 마음이 흔들렸다.

구양일산과 구양신지를 위해 망설임 없이 자신의 목숨을 내놓은 구양청의 모습에서 지난날 그를 위해 기꺼이 웃으며 귀천한 조부 양세기의 모습이 겹쳐 보이고 있었다.

"쳇! 거부할 수 없는 약속을 해 버리네."

설무백은 어쩔 수 없이 떨떠름한 표정으로 투덜거리며 구양일산과 구양신지를 향해 말했다.

"무익한 피를 볼 필요는 없겠지. 가라. 그리고 너희들도 약속을 지키길 바란다."

구양일산과 구양신지는 설무백의 말을 듣고도 자리를 떠나지 않았다.

정확히는 지근거리의 수하들에게 눈짓해서 구양청의 주검을 수습한 구양신지는 서둘러 자리를 떠나려는 기색이었으나, 구양일산이 그 자리에 그대로 서서 분노한 기색, 살기 어린 눈빛으로 설무백을 노려보며 꼼짝도 하지 않고 있었다.

설무백은 그냥 넘어가지 않고 특유의 미온한 미소를 지으며 바라보다가 불쑥 물었다.

"누가 보면 내가 악당인 것 같다, 그지?"

구양일산은 대답 대신 부들부들 몸을 떨었다.

눈가에서도 경련이 일어나고 있었다.

극고의 인내로 분노를 억누르는 모습이었다.

설무백은 입가의 미소를 한층 더 짙게 드리우며 물었다.

"십전옥룡이라더니, 꽤나 무지하네? 너 지금 내게 약속을 깰 수 있는 빌미를 제공하고 있다는 거 알고 있나?"

"……!"

구양일산의 두 눈이 서서히 검게 변했다.

의지와 무관하게 혹은 의지대로 마공을 운기한 것이다.

그 상태로, 그는 입을 열려다가 참고 다시 말을 하려다가 그만두더니, 이내 씹어뱉듯 짧게 한마디 했다.

"나는 너와 약속한 적 없다!"

설무백은 웃었다.

그리고 우습지도 않게 구양일산을 부추겼다.

"알아. 그러니 참지 마. 망설이지 말고, 조금 더 힘을 내 봐. 너는 충분히 할 수 있어."

"……!"

구양신지가 다급히 소리쳤다.

"오빠!"

구양일산이 흠칫했다.

검은 그의 눈빛이 빠르게 본래의 모습을 되찾고 있었다.

폭발하기 직전의 화약고처럼 달아오르던 그의 감정이 한순간에 차갑게 식어 버린 것 같았다.

설무백은 구양일산이 아닌 구양신지를 이채로운 눈빛으로 바라보며 짧게 뇌까렸다.

"아깝다."

구양일산의 얼굴이 처참하게 일그러졌다.

달라진 상황은 아무것도 없었다.

그를 포함한 구양세가의 무사들은 아직도 수백여 명 이상이나 남았고, 여전히 설무백 등을 포위한 상태였다.

하지만 그럼에도 불구하고 설무백은 안하무인으로 설치며 그들을 핍박하고 있었으며, 묘하게도 그것이 당연하게 느껴지는 상황이었다.

구양일산은 다시금 부르르 몸을 떨었다.

이번에는 분노에 겨워서가 아니라 허무와 허탈함의 진저리였다. 이제야말로 그는 자신이 직면한 지금의 사태를 절감한 것이다.

"오빠."

구양신지가 그런 구양일산을 다시 부르며 소매를 잡아끌었다.

구양일산은 힘겨운 표정으로 고삐를 잡힌 소처럼 묵묵히 그녀의 손에 이끌려서 돌아갔다.

설무백이 그런 그의 등에다가 대고 한마디 했다.

"기죽지 말고 잘해 봐. 도전을 기다리고 있겠다."

구양일산은 침통함을 넘어서 침울해졌다.

도전이 아니라 보복 혹은 복수라고 말해야 옳을 것이다.

그러나 그게 도전이든, 보복이든, 복수든 간에 가능한 상대가 있고 가능하지 않은 상대도 있는 법이다.

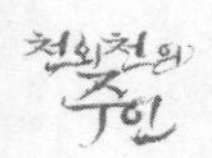

과연 저 인간 같지도 않은 괴물을 상대로 어떻게 그럴 수 있을까?

구양신지의 도움으로 겨우 사리를 분별할 수 있는 이성을 되찾은 구양일산은 비로소 오늘 구양세가가 당한 이 황당한 상황을 이해하기 시작하며 실로 암담한 기분에 빠져들었다.

실망이나 실의를 넘어서는 허탈과 체념의 수렁이었다.

그런 그의 뒤에서 설무백이 외치고 있었다.

"기둥은 물론 서까래 하나 남기지 말고 다 불태워라!"

호가호위狐假虎威 (2)

사사무를 비롯한 이매당의 요원 백여 명이 설무백의 면전에 나타난 것은 주변을 포위하고 있던 구양세가의 무사들이 구양일산 등의 뒤를 따라서 자리를 비우는 와중에 공야무륵과 흑영, 백영이 나서서 주변의 모든 전각에 불을 지르고 있을 때였다.

그랬다.

사사무 등은 사전에 전달받은 설무백의 지시에 따라 적시에 흑도천상회의 후문으로 진입했고, 적의 이목을 분산시키려는 목적을 가지고 고의로 소란을 일으켰다.

내색은 삼갔으나, 설무백은 이번 일에 만전을 기하기 위해서 사전에 이매당의 전 인원을 동원했던 것인데, 그들이 나서자 흑도천상회의 영내는 삽시간에 화마의 지옥의 변해 갔다.

다만 와중에도 나서지 않고 설무백의 곁을 지키는 사람들이 있었다.

철면신이야 말할 것도 없지만, 애초에 그의 곁을 떠나지 않고 있던 요미와 나중에 합류한 사사무가 바로 그들이었다.

사사무가 설무백의 곁을 지킨 것은 이매당의 당주라는 권위 때문이 아니었다. 요미와 같은 이유에서였다.

그는 요미처럼 구양일산 등을 놓아준 것을 적잖게 걱정하고 있었다.

"외람된 말씀이나, 독하지 않으면 장부가 아니라고 했습니다! 저들을 그냥 놓아주는 것은 우리에게 하등 도움이 안 되는 일입니다!"

"내 말이!"

요미가 지원군이 나타나서 더욱 힘이 나는 듯 힘주어 타박을 더했다.

"재들이 약속을 지킬 것 같아? 재들은 오빠 같은 사람이 아니야! 틀림없이 약속이고 뭐고 간에 다 팽개치고 기회를 노릴 거라고! 오빠의 목숨 말이야!"

"그럼 그때 죽이면 되지."

"아, 그럼 되는구나."

요미가 바로 수긍하며 물러났다.

우습다 못해 황당해 보이는 태도의 변화였으나, 그녀로서는 그게 당연했다.

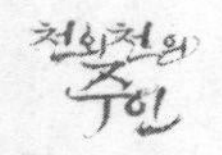

매사에 강짜를 부리는 아낙처럼 굴기는 해도, 다른 누구보다도 설무백을 잘 아는 사람이 바로 그녀였다.

설무백과 눈빛을 마주한 순간, 그녀는 이건 바뀔 수 있는 것이 아니라는 사실을 간파했다.

어차피 바뀌지 않을 일이라면 빠르게 인정하고 물러나서 점수라도 따는 게 유리하지 않은가.

혜안이라기보다는 눈치였다.

그러나 사사무는 그녀만큼의 눈치가 없는 것 같았다.

아니, 어쩌면 알아도 물러나지 않는 것이 자신의 도리라고 생각하는 것인지도 몰랐다.

보다 강하게 주장했다.

"지금이라도 명령을 주시면 제가 가서 바로 처리하겠습니다!"

설무백은 가만히 고개를 저었다.

그리고 화마가 펼쳐진 흑도천상회의 영내 저편, 구양일산 등이 사라진 방향의 하늘을 쳐다보며 말했다.

"역경을 맞이한 사람은 다섯 단계의 감정을 경험한다고 하더군. 처음에는 자신의 눈마저 의심하는 부정이고, 두 번째는 참을 수 없는 분노, 세 번째는 어쩔 수 없는 일이라는 타협, 네 번째는 능력의 부재에 대한 아픔으로 우울, 그다음 마지막으로는 이건 그렇게 될 수밖에 없는 일이었다고 수용한다는 거야. 다만 그 기간은 사람마다 달라서 누구는 하루 이틀에 경험하지만 누구는 평생을 걸려도 다 경험하지 못한다고 하더군."

그는 고개를 돌리며 픽 하고 웃는 낯으로 사사무를 바라보았다.

"아까 그 녀석에게선 그 모든 변화를 봤어. 불과 일각이나 되었을까? 어쩌면 그보다 더 적은 시간일 건데, 그 녀석이 그런 감정의 변화를 보이더군. 대단하지 않아? 그다음에 무슨 생각으로 어떤 결론을 내릴지 궁금하기도 하고 말이야."

사사무가 무언가 알 듯 말 듯하다는 표정으로 잠시 뜸을 들이다가 반문했다.

"뛰어난 자라 살려 주었다는 건가요?"

설무백은 부정하지 않았다.

"약간은 그래. 잘만 바로잡으면 유익한 인물이 될 수도 있지 않을까 하는 생각이 드네. 물론 다른 이유도 있고, 또 기본적으로 사도진악의 뜻대로 행동하기도 싫고 말이야. 무슨 손오공도 아니고 남의 손바닥에서 노는 거 정말 자존심 상하잖아."

"그거야 확실히 그렇죠."

사사무가 인정하며 물러났다.

설무백은 그 모습을 보고 웃으며 말을 더했다.

"게다가 너무 튀는 것도 좋지 않아. 아무리 쾌활림을 비롯한 흑도의 전력이 빠져나갔다고는 해도, 내가 흑도천상회를 생존자 하나 없이 괴멸시켰다고 생각해 봐. 당장에 마교의 모든 자객이 나만 노릴 걸 아마?"

"과연 그도 그러네요!"

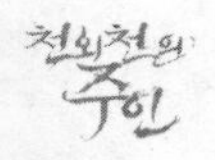

사사무가 적잖게 안색이 변해서 새삼 인정했다.
"알겠습니다. 주군의 생각이 그렇다면 그러셔야지요. 대신 앞으로 구양세가의 동향을 주시하는 건 허락해 주십시오."
"뭐 그러던지."
설무백은 대수롭지 않게 허락하며 재우쳐 물었다.
"그보다 아직 개방의 총단에서는 아무런 연락이 없나?"
"예, 아직은……!"
사사무가 말미에 웃으며 부연했다.
"걱정 마십시오, 검노께서 직접 나섰는데 별일 있겠습니까."
설무백은 짐짓 소태 씹은 표정으로 대꾸했다.
"나는 검노가 직접 나서서 더 걱정이야. 별일이 생길 것 같아서. 그 노인네 가끔 연세도 잊고 혈기를 부리잖아. 적당히 도움을 주고 빠져야 하는데, 또 울컥해서 아주 뽕을 뽑는 건 아닌지 모르겠네. 사도진악을 너무 몰아붙이면 안 되는데 말이야."
"아, 예. 뭐, 그렇긴 하지만……!"
사사무가 멋쩍게 웃으며 변명하려고 애쓰다가 이내 포기하며 길게 한숨을 내쉬었다.
설무백이 눈총을 주었다.
"거봐, 너도 걱정되지?"
사사무가 쓰게 입맛을 다시며 실토했다.
"예, 저도 못내 걱정이 되긴 하네요."
설무백은 피식 웃는 낯으로 돌아섰다.

"이미 떠난 배니까 일단은 그냥 노친네가 잘 참고 그러지 않길 바라며 우리는 우리 일이나 잘하자. 나는 먼저 검산으로 갈 테니, 여기 뒷정리하고 돌아가."

"예, 알겠습니다."

사사무는 즉시 대답했다. 그리고 못내 말을 덧붙였다.

"그리고 노야 일은 너무 걱정하지 마십시오. 그래도 예전과 비교해서 엄청나게 많이 유해지셨거든요."

말을 한 후에야 그는 걱정하지 말라면서 마치 걱정을 더욱 부추기는 것처럼 자신의 바람을 얘기한 것 같아 못내 계면쩍게 얼굴을 붉혔다.

그리고 애써 걱정을 떨쳐 내며 자위했다.

"이전보다 엄청나게 많이 유해지신 건 사실인데 뭐."

그러나 그 시각, 그게 바람이든 걱정이든 간에 검노가 성질을 부리지 않고 잘 참으며 애초의 계획대로만 움직이길 바라는 사사무와 설무백의 기대는 실로 허무하게 무너졌다.

달리 이유는 없었다.

그저 이전보다 엄청나게 많이 유해진 것이 사실이라고 해도, 어차피 검노의 본색은 백도정종의 기둥이며, 소림사와 더불어 강호 무림의 태산북도로 불리던 도가제일문인 무당파의 제자이면서도 별호에 마(魔) 자를 새겼을 정도로 광폭한 인물이었기 때문이다.

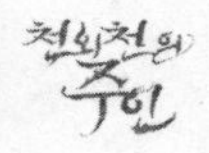

“뭐라고? 너 방금 뭐라고 지껄였어?”

개봉부의 남서쪽에 광대한 지역을 차지한 공자대묘(公子大廟), 바로 개방의 총단이었다.

사방에서 불길이 치솟으며 치열한 싸움이 벌어지는 가운데, 홀로 느긋하게 팔짱을 낀 채 개방방주인 취죽개의 싸움을 지켜보고 있던 사도진악은 적잖게 당황해서 절로 뒤로 물러났다.

언제 어디서 나타났는지도 모르게 느닷없이 저만치에서 대갈일성을 내지르며 날아오는 늙은이 하나 때문이었다.

“뭐, 뭐야 이거?”

“뭐? 이거……? 이놈이 보자보자 하니까 감히 누굴 보고 버르장머리 없이……!”

늙은이가 두 눈을 부라리며 검을 뽑아 들었다.

“넌 정말 그냥 두면 안 될 놈이구나! 아니, 그보다 아까 너 뭐라고 했냐고? 무장파가 어쩌고 어쨌다고?”

“……!”

사도진악은 적잖게 당황했다.

난데없이 나타나서 그를 향해 쇄도하며 두서없는 언변으로 화를 내는 늙은이의 기도는 실로 예사롭지 않았다.

아니, 그 이전에 그렇게 나타났다는 것 자체가 이해하기 어려운 상황이었다.

그는 늙은이의 접근을 전혀 감지하지 못했다.

아무리 방심했다고 해도 절대 있을 수 없는 일이 벌어진 것이다.

게다가 늙은이의 등장으로 말미암아 그가 팔짱을 끼고 느긋하게 관망해도 좋을 정도로 유리하게 돌아가던 전장의 분위기가, 바로 역천강시들과 취죽개의 싸움이 급변했다.

역전까지는 아니지만 팽팽한 백중세로 돌아선 느낌이었다.

"기분 탓이겠지……?"

사도진악은 애써 현실을 부정했으나, 그것을 제대로 확인할 여유는 없었다.

어느새 면전으로 내려선 늙은이가 도끼눈을 뜬 채 수중의 검극으로 삿대질을 해 대며 그를 다그쳤기 때문이다.

"얼른 대답 안 해?"

아군과 적의 싸움을 구경하면서 굳이 팔짱을 낀 모습을 보여준다는 것은 말 그대로 여유였다.

예비 전력으로서 적에게 압박감을 준다는 의미도 있긴 하지만, 그보다는 자신이 나서면 일거에 싸움을 끝낼 수 있으나 그냥 구경이나 하겠다는 식의 자신감을 시위하는 의미가 더 큰 것이다.

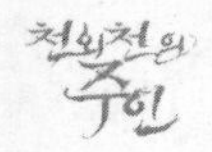

검노가 도착했을 때, 개방 총단의 후방에 펼쳐진 드넓은 자갈밭에서 치열한 격전을 벌이는 두 명의 죽립인과 개방방주 취죽개를 구경하는 사도진악의 태도가 딱 그랬다.

천하의 용두방주와 격전을 벌이는, 그것도 승기를 잡고 밀어붙이는 두 명의 죽립인이 누군지는 첫눈에 알아볼 수 있었다.

강시였다.

무심함을 넘어서는 무감동한 눈빛, 감정이라곤 눈곱만큼도 찾아볼 수 없을 정도로 차갑게 식은 그들의 잿빛 눈동자가 그것을 대변했다.

놀랍게도 천하대방 개방의 용두방주가 일개 강시들을 상대로 쩔쩔매고 있었던 것이다.

그러나 상황이 어쨌든지 간에 검노는 맡은 바 임무만 충실히 이행할 생각이었다.

직접적인 개입을 삼가한 채 암중에서 사태를 주시하다가 취죽개의 안위에 문제가 생길 경우에만 돕는다는, 그것도 은밀하게 도와야 한다는 것이 그가 설무백에게 전해 받은 지시였기 때문이다.

그런데 그런 검노의 작심은 한순간에 도로 아미타불이 되어 버렸다.

취죽개와 강시들을 격전을 지켜보던 사도진악의 한마디가 그를 격발시켰기 때문이다.

"개방의 용두방주가 고작 그따위 수준이라니, 참으로 한심하구나. 조금 더 힘을 내봐라. 이래서야 어렵게 취한 검엽자(劍葉子)를 놔두고 너로 선회한 내 선택이 너무 무색하지 않느냐."

검엽자는 무당파의 원로였다.

무당파는 전통적으로 팔궁과 이관의 책임자는 장문방장과 같은 배분이거나 한 항렬 위의 도사들이며, 장로의 직책을 역임한다.

그들이 바로 무당파의 십대장로들이며 장문방장과 더불어 무당파의 수뇌진을 구성하는 것이다.

다만 무당파는 거대 문파답게 세대별로 나누어 따져도 매번 장문방장보다 배분이 높은 원로들이 적게는 수십 명, 많게는 백여 명에 이르는 경우가 허다했는데, 그나마 적다는 작금의 세대에도 무려 사십여 명이나 되는 원로가 있었으며, 그들이 바로 무당파의 원로원을 구성하고 있었다.

검엽자는 바로 그중의 하나인 원로원의 일원이고, 그것도 원로원을 대변하는 실무자라서 내내 감금 생활을 했던 검노조차 익히 잘 알고 있는 위인이었다.

그런데 사도진악이 그런 검엽자를 언급하며 취했다는 말을 했다.

검노는 그래서 참지 못하고 나섰다.

제아무리 한 치 걸러 두 치라고, 심정적으로는 이미 오래전에 무당을 떠난 그였지만, 그 말을 듣고는 차마 그대로 넘어갈 수가 없었다.

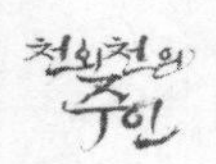

취했다는 말의 뜻은 실로 여러 가지로 해석할 수 있으나, 적어도 그의 입장에선 그 어느 것도 좋은 쪽의 의미를 담고 있지 않았기 때문이다.

"……!"

반면에 사도진악은 느닷없이 나타나서 사납게 다그치는 상대, 검노의 윽박지름에 바로 대답할 수가 없었다.

잠시잠깐이라도 명백히 사태를 파악할 시간이 필요했다. 그리고 그는 상대가 누구든지, 또 어떤 상황에서든지 간에 자신은 그 정도의 여유는 충분히 가질 수 있는 사람이라고 아니, 가져도 되는 사람이라고 스스로의 능력을 자부하고 있었다.

그러나 아무래도 이번만큼은 예외로 두어야 할 것 같았다.

난데없이 나타나서 불호령을 내지른 늙은이는 그가 그것을 인지한 순간에 벌써 그의 면전에 도착해서 수중의 검으로 삿대질을 해 대고 있었다.

이건 그로서도 결코 가볍게 넘길 수 없는 상황이었다.

아무리 방심하고 있었다고는 하나, 그가 기척을 인지한 순간과 동시에 면전에 나타났다는 것은 상대, 늙은이가 남들과는 다른 시간을 살아가는, 즉 자신만의 시간에서 움직이는 존재라는 뜻이기 때문이다.

'고수다!'

사도진악은 즉각 뒤로 물러났다.

생각과 동시에 그의 몸이 절로 그렇게 반응했다.

삿대질처럼 까닥이는 늙은이의 검극을 그의 육체가, 본능을 앞서는 그의 감각이 위협으로 인지한 것이다.

"……!"

반사적으로 그렇게 서너 장이나 거리를 벌린 그는 본의 아니게 무색해진 표정으로 정체불명의 늙은이를 짜증스럽게 바라보며 쏘아붙였다.

"이런 미친 늙은이를 보았나! 너 대체 뭐야? 할 일 없으면 집에서 낮잠이나 처잘 것이지, 왜 쓸데없이 남의 일에 나서고 지랄이야, 지랄은. 세상 살기가 그렇게 싫나? 죽고 싶어서 환장했어?"

정체불명의 늙은이, 바로 검노가 실소하며 눈을 부라렸다.

"묻는 말에 대답은 않고, 무슨 말이 이리도 많아? 너야말로 죽고 싶지 않으면 어서 순순히 불어라. 조금 전에 너 뭐라고 했어? 검엽자를 취했다고 했지? 그렇지?"

"……!"

사도진악은 절로 이맛살을 찌푸렸다.

상대가 검엽자에 대해서 묻는 것도 께름칙했으나, 그에 앞서 듣고 보니 자신이 정말로 평소와 달리 주절주절 말이 많았다는 것을 깨달았기 때문이다.

'내가 긴장했나? 이자의 기도에 내가 압도당했다는 건가?'

아마도 그런 것 같았다.

돌이켜 보면 애초에 말이 많고 적고를 떠나서 느닷없이 눈앞에 나선 상대의 말에 대꾸를 했다는 것 자체가 그답지 않은 행동이었다.

평소의 그라면 대꾸를 하기는커녕 상대의 목부터 베어 버렸을 터였다.

사도진악은 애써 마음을 다잡으며 새삼스러운 눈빛으로 상대, 정체불명의 노인을 살피며 말했다.

"그랬소. 분명 검엽자라고 했소. 그래서 그게 노인장과 무슨 상관이 있다는 거요?"

미친 늙은이라는 호칭이 노인장으로 바뀌었다.

나름 예의를 갖추고 상대를 대하기로 마음먹은 것이다.

생각 같아서는 앞서 본능적으로 나온 자신의 반응을 실수로 치부하고 그냥 이대로 목을 베어 버리고 싶었지만, 참았다.

선부르게 행동할 수 없었다.

바늘구멍 하나가 거대한 제방을 무너트리듯 세상의 모든 실패는 사소한 경각심의 부재로부터 시작된다는 사실을, 인내는 쓰지만 그 열매는 달다는 것을 모르지 않는 뛰어난 두뇌의 소유자가 바로 그인 것이다.

한편으로 그는 아직 여유가 있었다.

그 자신의 무력에 대한 자부심과는 무관했다.

지금 그의 곁에는 취죽개를 상대하는 사군과 야효보다 더 강력한 사혼강시인 사대수라(四大修羅)가 있으며, 그게 아니더라도 그의 외침 한마디면 물불 안 가리고 달려올 흑사자들의 정예가 사방에 수두룩하게 깔려 있었다.

개방의 총단은 이미 그가 대동한 흑사자들의 정예들이 장악한 상태인 것이다.

그러나 상대방은 그가 예의를 차리건 말건, 무슨 다른 생각을 하고 있건 말건 태도의 변화가 전혀 없었다.

"무슨 상관이 있는 건지는 알 것 없고. 그래서 검엽자는 지금 어디에 있다는 거냐?"

사도진악은 애써 참았던 짜증이 팍 솟구쳤다.

나름 노력해서 예의를 갖추려고 했더니만, 영 싸가지가 없지 않은가.

그러다가 일순 그는 놀랐다. 적잖게 당황스럽기도 했다.

다른 누구도 아닌 자기 자신의 순간적인 감정 변화를 인지했기 때문이다.

'갑자기 왜?'

분명 사소한 일이었다.

상대가 예의를 지키든 말든 그가 상관할 바가 아니었다.

그는 그가 생각하는 방향으로 말하고 행동하면 그만이었고, 그간 그는 줄 곳 그렇게 살아왔다.

그런데 이건 뭔가?

지금 눈앞에 있는 늙은이를 직접 손으로 갈기갈기 찢어발겨 죽여도 시원치 않을 것 같은 이 분노는 대체 어디서 기인하는 것일까?

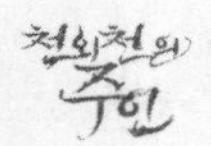

분명 화를 누르고 냉정을 되찾았는데, 상대의 사사로운 행동 하나에 불쑥 분노가 치솟았고, 분노를 누르려고 할수록 분노가 더욱더 커지며 눈에 보이는 모든 것을 부수고, 죽여 버리고만 싶어졌다.

그리고 그 와중에 기분은 그리 나쁘지 않았다.

아니, 오히려 기분이 좋았다.

새벽바람을 맞이한 것처럼 속이 시원하고 머리가 맑아지는 것 같은 상쾌한 느낌이었다.

'혹시 이런 게 마성(魔性)의 역류라는 건가?'

확실하진 않지만 그런 것 같았다.

사도진악은 분노를 누르고 삭이느라 적잖은 노력을 기울이다 마치 누군가 옆에서 알려 주는 것처럼 불현듯 그것을 깨달으며 속으로 웃었다.

마공을 익히면 위험한 일이 많다는 것은 이제 갓 무림에 출두한 애송이도 익히 잘 아는 사실이다.

정종심공과 달리 쉽게 정념(情念)에 빠져 주화입마로 죽거나, 살아도 반병신이 되어서 그냥 죽는 것보다 못한 인생을 살다 죽는다는 건 강호 무림에 사는 모두가 아는 마공을 익히기 위한 대가인 것이다.

마공은 이치와 순리를 벗어난 편법을 극대화시킨 것이고, 그 기본은 정념을 폭주시켜서 내공을 도약시키는 방법이기 때문에 당연히 그 정도 위험은 감수해야 한다.

따라서 마공은 백도정파의 무공보다도 더 재질을 따지는데, 그럼에도 불구하고 마공을 고도로 습득한 마도의 천재가 상대적으로 적은 이유는 그만큼 마공이 극의에 이루기 어려운 무공이기 때문이다.

즉, 쉽게 익히고 빠르게 진보하며 강해지는 대신에 심득을 얻고 절정을 이루기는 어려운 무공이 바로 마공인 것인데, 익힐수록 성질이 더욱 급해지고 포악해지는 까닭에, 또한 모순적이게도 그래야만이 마공이 진보하기 때문에 그렇다.

마공을 익히고 마인의 길로 들어선 이상, 정념에 따라 살아야 하는 것이 숙명인 것이다.

물론 이 또한 어중이떠중이 무공에는 해당이 안 되는 이야기이다.

적어도 일가를 이룬 상승마공의 경우에만 해당하는 일이다.

사도진악은 그와 같은 마공을 익힌 것인데, 아무리 그래도 그는 한편으로 이상했다.

그는 자신을 이미 극마지체라고 생각했기 때문이다.

그간 마기를 감출 수 있었던 것이 그래서가 아니던가.

그런데 왜 이제 와서 갑자기 이처럼 불안정한 감정의 역류가 일어나는 것일까?

'극마지경을 넘어서려는 징조인가?'

너무 차가우면 오히려 뜨겁게 느껴지는 것처럼 극과 극은 동전의 양면처럼 닿아 있는 법이다.

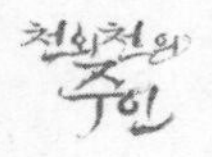

어쩌면 이건 극마지체에서 초마지체로 가기 위해서 모든 마인들이 거쳤던 상황일지도 모른다.

물도 차면 넘치는 것처럼 마기도 또한 그럴 것이다.

마공의 경지가 극에 달해서 극마지경이라는 극마지체로도 감당하기 어려운 마기가 형성된다면 새로운 경지로 접어들 때까지는, 즉 초마지경이라는 초마지체로 변모하기 전까지는 불안정한 상태가 도출될 수도 있다.

아니, 분명히 그런 것일 터였다.

지금 그는 마공의 경지가 극도로 비약하면서 하나의 완전한 마인이 되어 가고 있는 과정을 겪고 있는 것이 분명했다.

'설령 그게 아니더라도……!'

사도진악은 전혀 상관없었다.

그것이 무엇이든 정념에 따라 판단하고 행동하며 살아야 하는 것이 마공을 익힘으로써 마인의 길로 들어선 자신의 숙명이라면 그는 얼마든지 수긍하고 받아들일 수 있었다.

설령 그 길의 끝에 지옥의 불길이 펼쳐져 있다고 해도 기꺼이 웃으며 수용할 것이었다.

어쩌면 이게 마성에 물들어서 그런 것인지는 모르겠으나, 백번을 다시 생각해도 비리비리한 일개 흑도의 하나로 살다가 죽는 것보다는 차리라 야차(夜叉)처럼 혹은 아수라(阿修羅)처럼 피를 뒤집어쓰고 살다가 천벌을 받아 죽는 한이 있어도 천하를 호령하며 살겠다는 생각이 지금 그의 가슴에서 불타는 뜨거운 욕망이었다.

찰나지간, 불안정하게 흔들리는 감정의 소용돌이 속에서 그와 같은 결론을 내린 사도진악은 이제야말로 진심으로 여유만만하게 웃을 수 있었다.

지금 이 순간 그는 방금 전 검노를 마주했을 때와는 사뭇 다른 눈빛과 기도를 풍겼다.

돈오(頓悟)의 순간을 맞이하는 선승처럼 한순간의 깨달음이 그를 비약시킨 결과였다.

무릇 그 정도 되는 고수의 무공은 계단을 오르는 것처럼 점진적으로 발전하지 않는다.

한계에 달했을 정도로 농도가 짙은 소금물에는 아무리 소금을 뿌려도 녹지 않는 것과 같은 이치이다.

사도진악 정도의 경지를 이룬 고수의 무공은 제아무리 뼈를 깎는 노력을 한다고 해도 그 어떤 새로운 전기를 마련하지 못한다면 발전하거나 진보할 수 없는 것이다.

하늘과 땅이 다르듯 그와 같은 경지에 오른 무공은 각각이 하나의 단절된 세계이며, 따로 존재하는 새로운 지평(地平)이기 때문이다.

그러므로 사도진악 정도의 무공이 발전이나 진보하려면 고통을 수반하는 단련이 아니라 한순간의 깨달음을 통한 비약(飛躍)만으로 가능하다.

그 깨달음의 근원은 바로 육체의 노력이 아닌 정신의 변혁

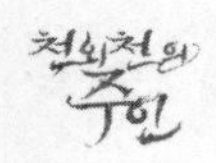

(變革), 이른바 여태 자신이 가지고 있던 사고를 과감하게 탈피하거나 새롭게 바꾸는 용기에 기인한다.

더 이상 소금이 녹지 않는 소금물도 불에 끓이면 다시 소금을 받아들이는 것처럼, 수용하기 어려운 것을 수용하는 혹은 완벽하게 무시해 버리는 과감한 용기가 마치 소금물을 끓이는 불과 같은 역할을 해서 현재의 지평을 뛰어넘어 새로운 지평을 열 수 있게 해 주는 것이다.

실로 천운(天運), 그야말로 운수대통(運數大通)이었다.

사도진악은 우습지 않게도 그렇듯 한순간에 극마지경을 넘어서서 전에 없이 달관한 눈빛으로 검노를 바라보며 냉소를 흘렸다.

"뭐야, 이거? 무당의 말코였냐?"

호가호위狐假虎威 (3)

"……?"

도가에 몸담은 도사들이 머리카락을 자르지 않고 정수리로 빗어 올려서 비녀를 꽂는 상투머리를 보고 말상을 닮았다고 해서 말코라고 부르는 사람들이 종종 있다.

당연하게도 놀리는 욕설이고, 그것도 사람의 얼굴을 사람이 타고 다니는 짐승에 비유하는 것이니 매우 심한 욕설이다.

그러나 검노는 그런 욕설을 듣고도 화를 내지 않았다.

전혀 화가 나지 않았다.

급변한 사도진악의 기도가 욕설보다도 더 강렬한 느낌으로 그에게 다가왔기 때문이다.

'이거 뭐지?'

검노는 왠지 모르게 본능적으로 냉정을 되찾으며 안색이 변해서 내심 자책했다.

무언가 이상한 일이 벌어진 것 같은 느낌이 들어서 발끈하고 나선 자신의 행동이 너무 섣불렀다는 후회가 밀려왔다.

그러나 후회는 아무리 빨라도 늦다.

시간을 되돌릴 재주가 없는 바에야 이미 저지른 일을 후회할 시간에 대책을 강구하는 편이 백번 나았다.

"여태 본색을 숨기고 있었던 건가?"

이번에는 사도진악의 안색이 변했다.

거짓말처럼 대번에 흥분을 가라앉히며 냉정해진 검노의 태도가 매우 눈에 거슬렸다.

본의 아니게 대답하지 않고 함구한 그는 새삼스러운 눈빛으로 검노를 살펴보았다.

건장한 풍채에 하얀 유건과 소매가 넓은 같은 색의 유복(儒服)을 걸쳤고, 그와 걸맞게 백발(白髮)과 백미(白眉), 백염(白髥)을 길게 늘어트린 얼굴이라, 실로 선풍도골이라는 말이 어울리는 모습의 노인이었다.

속발도 하지 않은 이런 노인이 무당파의 제자라면 분명 속가제자라도 선대의 인물일 테고, 상당한 명성을 떨쳤음이 마땅할 텐데, 아무리 봐도 그가 모르는 인물이라는 것이 신기했다.

'그런데 나를 안단 말이지?'

사도진악은 묵묵히 고개를 끄덕였다.

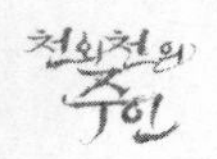

이럴 때에는 있는 그대로 솔직하게 나가는 것이 상책일 것이다.

"나야 그렇다고 치고, 내가 당신 같은 인물을 본 적이 없다는 것이 정말 신기하군. 나를 그리도 잘 아는 당신은 대체 누구라는 거지?"

검노는 와중에도 검엽자에게 집착했다.

"주고받자. 검엽자에 대해서 말해 주면 내가 누군지 알려 주마."

사도진악은 잠시 뜸을 들이다가 픽 하고 웃으며 대답했다.

"원래는 알려 줄 생각이 없었어. 당신의 정체 따위는 중요하지도 않고, 여차하면 그냥 내가 알아낼 수 있으니까 말이야. 근데, 이상하게 지금은 알려 줘도 상관없다는 생각이 드네."

진심이었다.

아까의 그와 지금의 그는 적잖게 달라져 있었고, 검노를 두고 내리는 판단도 그 범주에 있었다.

"검엽자를 취한 건 애들과 같은 이유에서야. 쓸 만한 강시의 재료인 거지."

사도진악은 슬쩍 손을 내밀어서 곁에 서 있는 네 명의 죽립인을, 바로 사혼강시들인 사대수라를 가리키고 있었다. 그 상태로, 그는 입가의 미소를 한결 짙게 드리우며 부연했다.

"석년의 검엽자가 이름깨나 날렸잖아. 검법의 산실이라는 무당파에서는 드물게도 권법으로 말이야. 순양무극공(純陽無極功)

인 육양신공(六陽神功)을 기반으로 펼치는 그의 칠성수(七星手)과 태청산수(太淸散手)에 이어, 구궁적양수(九宮赤陽手)와 건천태을권(乾天太乙拳)으로 이어지는 그의 권법은 정말이지 일품이었지. 권법만 놓고 따지면 무당파에서 능히 세 손가락 안에 꼽히는 권법가라지 아마?"

"……!"

"그래서 내게 간택된 거야. 당신이 아는지 모르겠지만, 강시는 태생적으로 무기보다는 기공술을 익힌 것들이 더 쓸 만한 재목이거든."

검노는 더 할 수 없이 싸늘해져서 물었다.

"그래서 지금 검엽자가 어디에 있다는 거냐?"

사도진악이 어디까지나 태연하게 어깨를 으쓱거리며 대답했다.

"그야 말해 줄 수 없지. 아직 깨어나지 않았거든. 대략 보름 이상은 더 기다려야 할 거야. 완벽한 사혼강시로 깨어나려면 말이야."

"익!"

검노는 사도진악의 말이 끝나기도 전에 신형을 날렸다.

애써 감정을 억누르고 있던 그가 더는 참지 못하고 평소의 모습으로 돌아간 것이다.

쐐애액-!

신랄한 검기로 이글거리는 검노의 검극이 대번에 사도진악

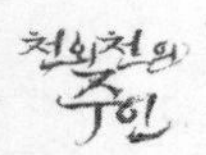

의 목을 노리고 있었다.

그러나 사도진악은 그를 상대하지 않았다.

검극이 닿기도 전에 도착한 검기가 피부를 찌르는 그 순간, 그는 흡사 누가 당기기라도 하듯 기민하게 뒤로 물러났다.

그리고 그의 곁에 시립해 있던 네 명의 죽립인, 바로 사혼강시라는 사대수라가 그 자리를 대신했다.

깡—!

거친 금속성이 터지며 불꽃이 튀었다.

사대수라 중 하나가, 정확히는 각기 흑백적청(黑白赤靑)으로 이름 지은 사혼강시 중 하나인 적면수라(赤面修羅)가 쌍수를 교차해서 검노의 검극을 막아 낸 것이다.

그다음은 나머지 셋인 흑면수라(黑面修羅)와 백면수라(白面修羅), 청면수라(靑面修羅)의 반격이었다.

강시는 태생적으로 무기보다는 기공술일 익힌 것들이 더 쓸만한 재목이라는 사도진악의 말과 달리 흑면수라와 백면수라는 병기를 사용하고 있었다.

각기 장도와 추(椎 : 철퇴)였는데, 흑면수라의 장도는 빠르고 예리하게 검노의 목을 노렸고, 백면수라의 철퇴는 수직으로 떨어지며 검노의 머리를 노리고 있었다.

하지만 정작 가장 위험한 것은 병기를 들지 않은 맨손인 청면수라였다.

상체가 지면에 닿을 듯이 낮게 달려들며 검노의 하반신을 노리는 그의 두 손은 상식을 벗어나 있었다.

그저 보는 것만으로도 섬뜩한 느낌을 주는 암록색의 연기가 피어나는 손이었다.

극악의 독공에 기인한 독수(毒手)인 것이다.

"……!"

검노는 적면수라의 쌍수에 검극이 막히고, 거기서 파생된 반탄력에 손바닥이 찌릿한 느낌을 받는 와중에도 그 모든 상황을 하나도 놓치지 않았다.

흑면수라의 장도와 백면수라의 철퇴가 노리는 표적을 정확히 읽었고, 자신의 하반신을 노리고 쇄도하는 청면수라의 독수가 얼마나 지독한지도 정확히 파악했다.

그리고 움직였다.

파괴력인 측면에서는 어떨지 몰라도, 엄연히 속도는 그가 사대수라보다 월등히 빨랐기에 가능한 대처였다.

카캉-!

검노는 우선 강력한 진기를 주입한 수중의 검을 휘저었다.

순간, 쇠가 갈리는 금속성이 터지며 그의 검극을 물고 있던 적면수라의 쌍수가 좌우로 벌어졌다.

검노는 그 틈을 놓치지 않고 검극을 빼내고 사납게 휘둘러서 자신의 목을 노리는 흑면수라의 장도를 내쳤고, 다시 검극을 반전해서 머리를 향해 떨어지는 백면수라의 철퇴를 튕겨 냈으며, 그 여파, 그 탄력을 그대로 이용하는 것으로 검극을 내려서 하반신을 노리고 쇄도하던 청면수라의 윗목을 사정없이 찍어 눌러 버렸다.

실로 놀랍고 감탄스럽게도 검노의 그 모든 동작은 하나처럼 부드럽게 이어졌다.

다만 그다음 순간, 검노는 본능을 앞서는 감각이 주는 경고에 따라 지체 없이 뒤로 물러났다.

꽝—!

강렬한 폭음이 터졌다.

간발의 차이로 그가 물러난 자리를 적면수라의 주먹이 후려친 결과였다.

그러나 검노의 놀란 눈빛은 그것이 아니라 반사적으로 총력을 기울여서 반격을 가했던 흑면수라와 백면수라, 그리고 청면수라에게 고정되어 있었다.

흑면수라와 검은 그의 의도와 다르게 살짝 들렸을 뿐, 전혀 튕겨 나가지 않았고, 백면수라의 철퇴 역시 그와 조금도 다름없이 밀리지 않았다.

만근의 거력을 능가하는 기세가 담긴 그의 검극이 별다른 위력을 발휘하지 못한 것인데, 그보다 더 충격적인 결과도 있었다. 바로 청면수라의 상태가 그랬다.

"……?"

놀랍다 못해 어이없게도 전력을 다한 그의 검극에 뒷덜미를 찔린 청면수라가 아무렇지도 않게 자세를 바로하고 있었다.

손바닥이 쩌릿하게 마비되는 감각으로 판단하면 목이 끊어져서 머리가 바닥을 구르는 것이 당연했다.

그런데 그게 아니었다.

머리가 잘리기는커녕 멀쩡한 모습으로 자세를 바로하며 반격을 준비하는 모습이었다.

검기상인(劍氣傷人)의 단계를 넘어서 검강의 경지를 내다보고 있는 그의 검경(劍勁)이 고작 뼈와 살로 이루어진 사람의 목 하나 제대로 자르지 못한 것이다.

'아니, 사람이 아니지! 강시다! 그것도 일반적인 강시와 다른 놈들이다!'

검노는 이제야말로 경각심을 가지며 마음을 다잡았다.

설무백을 통해서 철면신의 본색을 들은 그는 모종의 대법을 거쳐서 불사 무적에 가까운 육체로 태어나는 강시가 있다는 것을 익히 잘 알고 있었다.

실제로 그는 불사 무적에 가까운 강시인 철면신과 직접 비무까지 해 본 적이 있는지라 단 한 번의 격돌만으로도 지금 눈앞에 있는 강시들이 얼마만큼이나 위험한 존재들인지 능히 간파할 수 있었다.

그런데 우습지 않게도 그 순간, 사도진악 역시 검노의 존재를 파악해 버렸다.

사대수라를 상대하는 과정에서 드러난 검노의 검공의 초식과 위력, 더 나아가서 그 안에 스민 기풍을 읽은 까닭이었다.

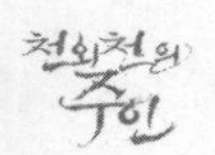

적어도 그는 그 정도의 안목을 가진 사람이었다.

"그렇군. 기억나네."

사도진악이 새삼스러운 눈초리로 검노를 바라보며 실로 감탄스럽다는 듯 주절거렸다.

"들은 얘기에 불과하지만, 과거 대무당파의 제자 하나가 무당파의 내공 중 가장 패도인 적양신공에 무당파의 검법 중에서 신랄하고 잔인하기로 손꼽히는 사대검법을 융합해서 전대미문의 마검법 하나를 창안해서 무당마검이라는 별호를 얻었다고 하더군. 다만 그 과정에서 사마도의 잔혹무도한 각종 기법을 삽입하는 바람에 율법에 따라 백 년 참회라는 징계를 받고 모처에서 감금 생활을 하고 있다던가?"

말미에 보란 듯이 고개를 갸웃한 그는 이내 대답을 기다리지 않고 다시 말을 더했다.

"무당파의 검법 중에서 신랄하고 잔인하기로 정평 난 사대검법은 현천사검과 삼절황검, 연환탈명검, 현천복마검이지. 그 사대검법을 융합했다는 마검법은 바로 대라천강절명검, 일명 대라검이고. 방금 당신이 사대수라를 내치는 데 사용한 그 검법 말이야."

그는 피식 웃으며 재우쳐 물었다.

"벌써 백 년이 지난 거요, 아니면 콧바람이라도 쐬려 변복(變服)하고 강호 구경이라도 나선 거요, 무당마검 적현자 나리?"

검노는 별로 유쾌하지 않은 기분이었다.

사도진악이 자신을 알아봤기 때문이 아니었다.

이유를 모르겠으나, 잠시 동안 사이에 변모한 사도진악의 기도가 매우 눈에 거슬렸다.

"본색을 드러낸 건지, 아니면 본의 아니게 본색이 드러난 건지는 모르겠지만, 확실히 조금 전과 상당히 달라졌어. 설마 그 사이에 무언가 획기적인 깨달음이라도 얻은 건가?"

사도진악이 웃음을 흘렸다.

역시나 유쾌해 보이지 않는 웃음이었다.

작금의 상황에서 난데없이 나타난 무당마검의 존재는 그에게 절대 유쾌한 일이 아니었다.

무당마검의 존재는 차지하고, 그 뒤에는 무당파가 있는 것이다.

'무당파가 이번 일을 어떻게 알고……?'

사도진악은 내심 고민에 빠졌다.

무당파가 율법에 따라 죄과를 치루고 있는 무당마검을 내세웠다는 것은 그만큼 이번 일에, 아니, 어쩌면 그의 행사에 지대한 관심을 가지고 있다는 뜻이었다.

이 자리에서 무당마검 하나를 죽인다고 해결되는 문제가 전혀 아닌 것이다.

게다가 그가 나서지 않는다면 사대수라만으로는 무당마검을 해치우는 것도 쉽지 않을 것 같았다.

그 자신도차 쉽게 감당하기 어려운 사대수라의 합공을 쉽게 격퇴하고 물러나는 모습을 보니, 과연 명불허전, 무당마검이라는 별호를 괜히 얻은 것이 아니었다.

그렇다고 그가 직접 나설 수도 없었다.

매사에 더 없이 치밀한 그의 성격상 이 자리에서 본색을 드러내는 것은 매우 좋지 않다는 판단이었다.

무당마검이 혼자 나섰을 리 만무하다는 생각이 들어서 더욱 그랬다.

하물며 처음에는 일방적으로 취죽개를 몰아붙이던 사군과 야효의 격전이 어느새 백중세로 돌아선 마당이었다.

확실하게 정해진 것이 아무것도 없는 작금의 상황에서 본색을 드러냈다 아무런 소득도 없이 괜한 경각심만 일으키면 앞으로의 행보에 막대한 지장을 초래할 수 있었다.

하다못해 무당마검이 혼자 나타난 것도 그는 못내 께름칙했다.

그는 무당마검이 무당파가 아니라 풍잔의 일원으로 생활하고 있다는 사실을 아직 모르고 있는 것이다.

그 때문이었다.

사도진악은 지금 이 순간 무당파의 제자들이 주변에 배치된 흑사자들을 노리고 있는지도 모른다는 걱정이 들었다.

그래서 그가 내릴 수 있는 결정은 하나뿐이었다.

"돌아간다!"

사도진악은 한순간 여유를 부리던 기만을 버리고 비호처럼 지상을 박차고 날아오르며 신경질적으로 소리쳤다.

"철수다!"

오늘 사도진악은 평소답지 않게 실수를 연발했으나, 그중에서도 최악의 실수는 후퇴를 결정하고 자리를 떠나는 시점에 발생했다.

사도진악은 먼저 자리를 떠나면 안 됐다.

최소한 취죽개와 격전을 벌이고 있는 사군과 야효의 상태부터 살핀 후에 자리를 떠나야 했다.

사군과 야효가 취죽개를 상대로 백중세를 이루고 있었던 것은 실제로 그들의 합공이 취죽개를 상대할 수 있어서가 아니라 순전히 취죽개의 의도에 따른 것이었기 때문이다.

취죽개는 처음부터 역천강시들인 사군과 야효를 충분히 상대할 수 있었다.

힘이나 파괴력은 몰라도 속도는 그가 월등했기에 얼마든지 그게 가능했다.

다만 그는 사군과 야효의 능력을 보다 정확히 파악하고 싶었고, 더 나아가서 사도진악과 그 곁에 서 있는 나머지 네 명의 축립인을 경계했다.

그들까지 감당할 자신은 그에게 없었던 것이다.

처음 그가 사군과 야효의 공격에 일방적으로 밀린 것은 그 때문이었다.

사군과 야효의 전력을 파악하는 한편, 사도진악 등이 나서

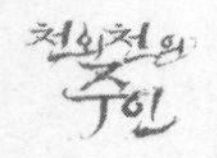

지 않게 하려면 그 수밖에 없었다.

취죽개는 적당히 상대하며 사군과 야효의 전력을 파악하다가 틈을 봐서 빠져나가려 했다.

아직 대성을 이루지는 못했으나, 개방 역사상 최고의 고수로 평가받는 선대 개왕 이타성의 삼대비전인 무영비천풍(無影飛天風)의 신법과 극강의 파괴력을 가진 장력인 추룡칠성장(追龍七星掌), 그리고 개방의 타구봉법을 집대성한 낙성추월타구봉법(落星追越打狗棒法)을 칠 성까지 경지까지 익힌 그에게는 충분히 그럴 자신이 있었다.

취죽개는 개왕의 무공을 감춘 채 기본의 무공만으로 사군과 야효를 상대하고 있었던 것이다.

그러던 중에 검노가 나타났다.

사도진악과 달리 그는 첫눈에 검노의 정체를 알아볼 수 있었다.

그 시점에 사도진악의 시선에 들어온 그와 사군 등의 격전이 백중세로 바뀐 것은 그 때문이었다.

이제 사도진악 등을 경계하지 않아도 된다고 판단한 그가 마침내 개왕의 절기를 꺼내 들었던 것이다.

그런데 정작 사도진악는 그걸 파악하지 못한 채 철수를 선언하며 그냥 사리를 떠나 버렸다.

사대수라는 즉시 그의 뒤를 따라서 신형을 날렸으나, 사군과 야효는 그러지 못했다.

그럴 수가 없었다.

취죽개가 그럴 기회를 주지 않았다.

게다가 설상가상(雪上加霜), 엎친 데 엎친 격으로 몸을 빼려는 그들, 사군과 야효의 뒤를 검노가 막아섰다.

사실을 따지자면 이 또한 사도진악의 오판에서 비롯된 사태였다.

사도진악의 생각과 달리 검노는 동료들과 함께 움직이는 것이 아니었다.

그는 단독으로 나선 상태였고, 그 목적은 취죽개의 안위에 있었다.

그리고 안 그래도 울컥해서 나섰다가 범상치 않게 변모한 사도진악의 기도를 간파한 순간부터 제발 신중하게 행동하라는 설무백의 당부를 잊은 자신의 실책을 통감하고 있던 참이었다.

그런 그에게 돌연 무턱대고 자리를 떠나는 사도진악을 따라갈 이유가 어디에 있을 것인가.

내심 더 없이 기꺼워한 그는 애초의 임무를 상기하며 즉시 취죽개를 도우려고 나섰다.

공교롭게도 그 위치가 검노의 공격을 피해서 자리를 뜨려는 사군과 야효의 후방이었고 말이다.

"……."

다만 사군과 야효는 난데없이 자신들의 뒤를 차단한 검노의 등장에도 전혀 놀라거나 당황하지 않았다.

그저 습관처럼 두 손을 내밀어서 검노의 가슴팍을 노렸다.

"이런, 미친……!"

방어 동작이라곤 전혀 찾아볼 수 없이 막무가내로 달려들며 무작정 쌍수를 뻗어 내는 그들의 동작에 검노가 오히려 당황해 버렸다.

하지만 그 당황이 검노의 행동에 끼친 영향은 전혀 없었다.

순간적으로 휘둘러진 그의 검극이 신랄한 검기를 뿌리며 사군과 야효의 손목을 노렸다.

깡-!

거친 금속성이 터졌다.

강철도 무처럼 베어 버리는 검노의 검이 고작 뼈와 살로 이루어진 사군과 야효의 손목을 잘라 내지 못하고 튕겨졌다.

물론 사군과 야효의 손도 표적을 놓치며 밀려 나가긴 했으나, 검노의 입장에서 적잖은 충격이었다.

그때!

꽝-!

폭음이 터지며 사군과 야효가 중심을 잃고 휘청거렸다.

취죽개가 날린 장력이 그들의 뒷등을 강타한 것이다.

"눈과 귀를 노리시오!"

취죽개의 외침이었다.

장력을 날린 손에서 엄청난 판단력을 느꼈는지 오만상을 찡

그리며 소리치고 있었다.

검노는 지체 없이 검극을 휘돌렸다.

그의 검극에 따라 무한에 가까운 검기가 일어나서 회오리치며 사군의 얼굴을 덮쳤다.

야효는 무시해도 좋았다.

바람처럼 어느새 쇄도한 취죽개가 크게 벌린 두 손바닥으로 야효의 양쪽 귀를 강타하고 있었다.

카각! 펑—!

뼈를 후벼 파는 섬뜩한 소음이 울리고, 팽팽하게 가죽 북이 터져 나가는 듯한 폭음이 그 뒤를 따랐다.

"……!"

비명도 없이 입을 크게 벌린 사군이 두 손으로 얼굴을 감싸며 뒷걸음질 치고, 두 손으로 자신의 머리를 부여잡은 야효가 뒤로 나뒹굴었다.

검노가 멈추지 않고 사군을 따라가며 수중의 검극을 길게 뻗었다.

백색의 검기로 일렁이는 그의 검극이 두 손으로 얼굴을 감싸며 물러나는 사효의 목을 파고 들어갔다.

칵—!

다시금 뼈를 후비는 소음이 터졌다.

사군의 목이 살짝 옆으로 꺾어졌다.

먹물처럼 검게 물든 두 눈을 드러낸 사군이 두 손을 내밀어서 자신의 목을 파고든 검노의 검극을 강하게 움켜잡았다.

검노가 그 순간에 측면으로 돌았다.

사군의 목을 파고든 검극을 뽑지 않은 상태로 그렇게 했기 때문에, 사군의 신형이 한순간 그가 돌아가는 방향으로 따라 돌다가 멈추며 휘청거렸다.

그의 머리가 한층 더 옆으로 비틀어지는 바람에 목에 박힌 검노의 검극이 절로 뽑혀져 나갔기 때문이다.

사노가 비틀린 고개로 중심을 잃고 휘청거리는 그 순간, 벽력과도 같은 굉음이 연속해서 터졌다.

꽈광! 쾅―!

야효가 사정없이 밀려 나가서 저 멀리 언덕에 처박히고 있었다.

취죽개의 강력한 장력이 연속해서 야효의 가슴에 작렬한 결과였다.

"끄으으……!"

언덕에 처박힌 야효의 입에서 처음으로 목소리가 새어 나왔다. 분명 신음으로 들리는 목소리였으나, 두 손으로 흙바닥을 헤집으며 일어나는 야효의 얼굴은 여전히 아무런 감정이 담겨 있지 않았다.

"치독하네!"

취죽개가 치를 떨며 재차 쇄도해 나가 무지막지한 쌍장을 날렸다.

그사이, 검노는 다시금 검극을 뻗어서 뒤틀린 사군의 목을 노리고 있었다.

꽝-!

요란한 폭음이 터지며 흙바닥을 벗어나던 야효의 신형이 흙바닥으로 더욱 깊숙이 파묻혔다.

그 위로 막대한 장력의 여파를 버티지 못한 언덕이 우르르 무너져 내렸다.

섬뜩한 소음과 함께 사군의 머리가 떨어져 나간 것은 바로 그다음 순간이었다.

검노가 앞서와 같은 방법으로 목을 노리고 다시 측면으로 빠르게 돌아서 사군의 목을 완전히 끊어 버린 것이다.

콱-!

검노가 바닥을 데구루루 구르는 사노의 머리를 사정없이 밟아 버렸다.

사노의 머리가 깨지는 대신에 깊이 눌려서 땅속에 파묻혔고, 머리를 잃은 사노의 육체는 그제야 두 손을 허우적거리는 상태로 바닥에 쓰러졌다.

그러나 취죽개의 장력에 당해서 언덕의 흙바닥 속으로 파묻힌 야효는 여전히 멀쩡했다.

아니, 멀쩡한지 아닌지는 알 도리가 없었으나, 적어도 아무렇지도 않게 움직였다.

부스스-!

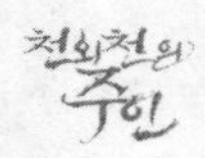

야효가 다시금 두 팔을 내밀고 휘저어서 흙무더기를 헤쳐 머리를 내밀고 있었다.

"이런 지독한……!"

취죽개가 치를 떨며 달려들어서 흙무더기를 헤치고 밖으로 나서려는 야효의 가슴을 연이어 주먹으로 강타했다.

퍽-!

"제발……!"

퍽-!

"그만……!"

퍽-!

"쓰러져라!"

퍽-!

"죽으란 말이다!"

둔탁한 타격음과 치 떨리는 외침이 장내를 가로지르는 가운데, 흙무더기를 헤집고 나서던 야효가 또다시 흙무더기 속으로 사라졌다.

퍽-!

취죽개는 그래도 손 속을 멈추지 않고 있었다.

검노가 나직하나, 취죽개의 귀에는 충분히 들릴 수 있을 정도의 목소리로 말했다.

"그 정도면 된 것 같은데?"

"……!"

취죽개가 그제야 정신이 든 것처럼 손길을 멈추었다.

그가 정신없이 두들겨 패던 야효의 신형은 이미 흙무더기 속 깊이 파묻혀서 털끝 하나 보이지 않는 상태였다.

"그래도 혹시 모르니……?"

취죽개가 흙무더기를 헤집어 보려고 했다.

검노가 제지했다.

"아니, 내가 봤어. 가슴이 완전히 뭉그러져서 더는 동작하지 못할 테니까, 그거나 좀 어떻게 하지?"

취죽개는 어리둥절해하는 표정으로 검노를 바라보았다.

검노가 쓰게 입맛을 다시며 시선과 턱짓으로 그런 그의 배를 가리켰다.

취죽개는 갑자기 왜 저러나 싶은 마음으로 자신의 배를 확인하다가 깨달았다.

검노가 시선과 턱짓으로 가리킨 그것은 배가 아니라 손이었다.

배를 살피느라 절로 시선에 들어와서 보게 된 그의 손은 정말 엉망이었다. 정확히는 주먹이었다.

살점이 터지고 찢겨 나가서 허연 뼈가 드러나 있었다.

실로 사력을 다해서 야효의 가슴을 후려치는 바람에 그의 주먹도 그런 상처를 입었던 것이다.

"나도 아직 멀었구려. 고작 강시 하나 때려잡는 데 손이 이 지경이라니, 정말 너무나도 한심하고 창피해서 얼굴을 들지 못

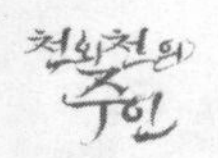

하겠소."

"내가 재들에 대해 조금 아는데, 고작이라고 불릴 정도의 강시는 아닐 거야. 천년마교의 수법으로 탄생한 놈들일 테니까."

딴에는 위로라고 건넨 말일 텐데, 취죽개의 안색은 더욱 심각하게 일그러지고 있었다.

"역시 사도진악이 마교의 주구라는 소리구려."

검노는 고개를 갸웃했다.

"몰랐나?"

"그런 것 같다고 의심을 하고 있었을 뿐, 그렇다고 확신하지는 못하고 있었소."

"세상 신중하게 사는군."

"안 그러면 살기 어려운 세상이질 않소."

"그런가?"

"그렇소."

"그렇군."

검노는 길게 얘기하지 않고 대충 말을 끝냈다.

길게 얘기할 필요도 없고, 그럴 상황도 아니었다.

"그럼 수고하게. 나는 볼일이 아직 남아서 이만 가 보겠네."

취죽개가 재빨리 그런 그의 앞을 막아섰다.

"뭘 그리 서두르시오. 선배는 아직 이 후배와 더 나눌 얘기가 있지 않소."

검노는 시치미를 뗐다.

"아니, 자네와 더 할 얘기 없는데?"

"있소."

"없다니까?"

"설 공자의 지시일 테죠. 천하의 무당마검을 이렇듯 마음대로 부릴 수 있는 사람은 내가 알기로 설 공자밖에 없으니까."

취죽개가 자기 마음대로 결론을 내리고는 재우쳐 물었다.

"정말 궁금해서 그러는데, 설 공자는 대체 마교에 대해서 어느 정도까지 알고 있는 거요?"

검노는 피식 웃었다.

"그야 낸들 아나."

취죽개가 심각하게 안색을 굳히며 단호한 어조로 말했다.

"말해 주시오! 자꾸 이런 식이면 이 후배는 설 공자를 결코 좋게 볼 수가 없소! 비밀이 많은 사람을 신뢰할 수는 없는 일이오!"

검노는 태연하게 어깨를 으쓱이며 대꾸했다.

"다른 누구를 신뢰하건 말건 그거야 자네 사정이고 자네 마음인 것을 내가 참견할 수 있나."

"선배!"

취죽개가 악을 쓰자, 검노가 쓰게 입맛을 다시며 잠시 뜸을 들이다가 말문을 열었다.

"우리 젊은 주인은 자네의 죽음을 원치 않았어. 작금의 세상에 필요한 사람이라고 생각하는 것 같더군. 그래서 내가 여기

온 거야. 내가 해 줄 수 있는 말은 여기까지. 이상 끝!"

취죽개가 돌아서는 검노를 보며 다시금 버럭 고함을 내질렀다.

"선배! 정말 이럴 거요?"

검노가 이맛살을 찌푸리며 돌아서서 취죽개를 바라보다가 이내 한숨을 내쉬며 말했다.

"한 살이라도 더 먹은 인생 선배로서 충고 하나 해 주지. 세상은 요지경이고 천태만상이라 자기가 주연이 아니면 만족하지 못하는 사람도 있지. 그런데 알고 보니 자기는 주연이 아니라 조연인 거야. 그걸 알고도 조연으로 만족하지 못하면 어떻게 될까?"

"……?"

"악인이 될 수밖에 없어. 주연이 아닌 자가 주연을 하려면 올바른 방법으로는 가당치 않으니까. 나는 그게 싫어서 그냥 조연으로 만족하며 살고 있지. 그러니 나 사는 거 방해하지 말고, 자네는 자네의 위치나 제대로 찾아. 괜히 주연으로 살려고 아등바등하다가 샛길로 빠져서 죽도록 고생하지 말고."

취죽개는 물끄러미 검노를 바라보았고, 검노도 물끄러미 취죽개의 시선을 마주했다.

이윽고, 검노가 이맛살을 찌푸리며 물었다.

"내 말이 무슨 뜻인지 모르겠나?"

취죽개가 한숨을 내쉬며 되물었다.

"사회생활 못한 거 티 내세요?"

"응?"

"무슨 그런 쉬운 말을 그렇게나 어렵게 하세요? 그러니까, 지금 저보고 괜히 깝죽거리지 말고 설 공자의 예하로 들어와서 수발이나 들어라 이거죠?"

검노는 이제야 조금 머쓱해진 표정으로 딴청을 부리며 대답했다.

"뭐, 이를 테면 그렇지."

취죽개는 웃었다.

비웃음이 아니라 검노의 생각과 판단을 존중한다는 의미의 미소였다. 그리고 자신의 의견을 피력했다.

"선배의 충고는 뼈에 새겨 두도록 하지요. 다만 저의 생각은 선배와 조금 다릅니다. 자기가 세상의 주연인지 조연인지를 아는 것도 중요하고, 그에 따라 행동하는 것도 필요하지요. 하지만 누군가 주연인 것을 알아보았다고 해서 무조건 그 사람의 말만 따라가는 건 좋지 않다는 게 저의 생각입니다."

검노가 새삼 이맛살을 찌푸리며 물었다.

"어째서?"

취죽개가 웃는 낯으로 대답했다.

"그러면 세상이 제대로 안 돌아갈 테니까요. 세상의 이치와 순리가 그렇지 않습니까. 한 가지 색만 있는 것이 아니고, 서로 다른 두 가지 색만 있는 것도 아니지요. 수많은 색이 어울려서 조화를 이루고 있지요. 즉, 저기 있는 주연을 알아봤다고 해서 자신은 무조건 조연이라고 생각하는 것은 좋지 않은 겁니다. 요지경이고 천태만상인 세상의 주연이 하나라는 법은 없으니까요."

"음."

검노는 침음을 흘렸다.

그는 절로 고개를 끄덕이고 있었다.

수긍이고, 인정이었다.

"듣고 보니 그렇군."

세상에 그보다 단순한 사람도 드물었다.

제아무리 모순적인 상황일지라도 일단 수긍이 되고 인정이 되면 그만이었다.

다만 그는 자신의 주장과 상반된 주장을 듣고 옳다는 생각이 들었다고 해서 자신의 주장이 틀렸다고 생각하는 사람도 아니었다.

그는 어떤 문제의 답이 하나밖에 없다고 생각하는 사람이 아니고, 또한 그런 사람이기 때문에 자신의 의견과 다른 취죽개의 의견도 옳다고 생각하고 수긍한 것이다.

이내 안색을 바꾼 그는 냉정한 눈빛으로 돌아가서 취죽개를 직시하며 다시 말했다.

"그렇다면 개인적으로 하나만 경고하지."

취죽개가 실소했다.

"보통 '개인적으로 하나만' 이라는 말 다음에는 '부탁'이라는 말이 붙는데 말이죠?"

검노는 자못 음충맞게 웃으며 말했다.

"흐흐, 자네의 말이 인정은 되지만 마음에는 들지 않아서 말이야. 경고인데, 자네 생각이 그렇다면 앞으로는 이번처럼 우리 주군의 심경에 거슬리는 사고는 치지 말게. 능력이 부족하면 자신 있는 일만 하라는 소리야. 오늘 이후부터 설령 우리 주군의 명령이 있어도 자네의 안위를 살피러 달려오는 사람은 없을 테니까."

"선배가 그렇게 만들겠다는 소리네요?"

"내가 필요하다면 그게 무슨 일이든 하는 사람이라는 거 잘 알지?"

취죽개가 갑자기 고개를 끄덕이며 혼자 납득했다.

"무당파의 고인들께서 왜 선배를 유배처에 감금하고 세상과 단절시켰는지 이제야 이해가 가네요."

검노가 이맛살을 찌푸렸다.

"무슨 뜻이야?"

취죽개가 어색한 미소를 흘리며 대답했다.

"선배처럼 아주 단순한 사고를 가진데다가, 적잖게 무지하고 더 없이 고지직한 사람이 신념을 가지면 정말 무섭거든요. 어디로 튈지 모르는 손오공 같다고나 할까요? 어느 분이 그 결정을 내렸는지는 몰라도 정말 선견지명이 대단하시네요."

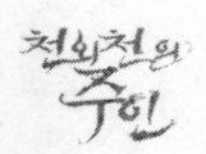

검노가 눈을 치켜뜨며 물었다.

"농담으로 들리나?"

취죽개가 우거지상으로 변해서 손사래를 쳤다.

"무슨 그런 천만에 말씀을……! 진심으로 무시무시한 경고라는 느낌을 받아서 말씀드리는 겁니다."

검노가 삐딱하게 취죽개를 바라보았다.

"아닌데? 나랑 싸우자는 것 같은데?"

취죽개가 정색하며 대뜸 공수했다.

"표현이 너무 직설적이었다면 너그럽게 용서하세요. 아시다시피 그게 이놈의 유일한 약점 아닙니까."

"……."

검노가 반신반의하는 눈빛으로 그런 취죽개를 바라보다가 이내 쩝쩝 입맛을 다시며 돌아섰다.

"정말 그렇다면 다행이고. 뭐, 어쨌거나, 그게 무슨 일이든 잘해 보게나."

취죽개가 돌아선 검노를 향해 새삼 고개를 숙이며 말했다.

"오늘 일은 실로 감사합니다. 다음에는 절대 오늘과 같은 폐를 끼치지 않도록 하겠습니다."

"뭐, 그러던지……."

검노가 더는 내가 상관할 바가 아니라는 듯 시큰둥하게 대꾸하며 자리를 떠나려 하는 그때였다.

누군가 빠르게 그들의 곁으로 다가왔다.

먼저 기척을 느낀 것은 검노였으나, 취죽개가 먼저 그를 알아보며 물었다.

"무슨 일이냐?"

나타난 사람은 취죽개의 제자이자, 통일개방의 후개인 무진개 천이탁이었다.

그는 뒤늦게 검노의 존재를 알아보며 고개를 꾸뻑이고는 슬쩍 취죽개의 눈치를 보았다.

취죽개가 무시하고 채근했다.

"모르는 사람도 아니고 눈치를 왜 봐?"

천이탁이 그제야 보고했다.

"좋지 않은 소식입니다. 방금 산양부에서 연락이 왔는데, 계획이 실패했답니다."

취죽개가 정말 의외라는 듯 오만상을 찡그렸다.

"철산개가 실패했어?"

천이탁이 새삼 은근슬쩍 검노를 일별하며 대답했다.

"예, 놈들이 우리의 예상보다 강했던 것 같습니다. 오히려 중도에 나타난 설 대당가의 도움이 없었으면 역으로 크게 당할 뻔했다고 하네요."

"설 공자가 거길……?"

취죽개가 한 방 맞은 표정으로 검노를 바라보았다.

검노가 슬쩍 그의 시선을 회피하고 딴청을 부리며 말했다.

"그러게 내가 말했잖아. 앞으로 우리 주군의 신경을 거슬리

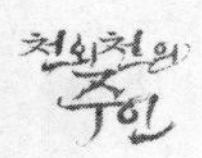

는 짓은 하지 말라고."

취죽개의 얼굴이 뭐라 형용하기 어려운 표정으로 굳어지는 참인데, 천이탁이 불쑥 말했다.

"좋은 소식도 있습니다."

취죽개가 바라보자, 천이탁이 바로 다시 말했다.

"흑도천상회의 총단이 잿더미로 변했답니다."

취죽개가 경악했다.

"아니, 어떻게 그런 일이……!"

천이탁이 이번에는 아주 검노에게 시선을 고정한 채로 말했다.

"설 대당가의 작품이랍니다. 쾌활림을 비롯한 흑도의 세력이 자리를 비우긴 했지만, 그래도 구양세가를 위시한 무림세가 연합의 무사들이 거의 다 흑도천상회의 총단에 있었는데, 설 대당가가 이끄는 몇몇 고수가 방문해서 아주 박살을 냈다고 합니다."

"방문? 기습이 아니고……?"

"당당히 대문을 두드리고 들어갔다고 하니 방문이겠죠, 아마?"

"……!"

천이탁의 말을 들은 취죽개의 시선이 다시금 검노에게 돌려졌다.

검노가 툴툴 옷을 털며 돌아섰다.

"난 이만……!"

그러자 취죽개가 재빨리 신형을 날려 검노의 앞을 막아서며 사정했다.

"이러지 마시고, 얘기 좀 합시다, 우리!"

검노가 어깨를 으쓱했다.

"할 얘기 다 하지 않았나, 우리?"

취죽개가 어색하게 하하 웃고는 검노의 소매에 매달렸다.

"주연이니 조연이니 그런 형이상학적인 소리 말고요. 앞으로 우리가 어떻게 하는 것이 서로에게 도움이 될까 하는, 직접적이면서도 건전한 얘기 좀 하자고요. 술은 제가 사도록 하죠."

"험험."

검노가 헛기침을 하며 고개를 끄덕였다.

"나는 할 얘기 없지만, 자네에게 하고 싶은 얘기가 있다면야 그 또한 막기 어려운 법이지. 근데, 나는 태생이 술에 약해서 금존청(金尊清)이나 여아홍(女児紅)이 아니면 잘 못 마시는데?"

"이르다 뿐이겠습니까. 금존청이나 여아홍이 아니라 후아주[猴酒]라도 대령하겠습니다."

취죽개가 여부가 있겠냐는 듯 대답하며 검노의 소매를 끌었다.

과격하고 성마른 대신에 단순한 성격인 검노는 마지못한 표정으로 연신 헛기침을 하며 취죽개의 손에 이끌려 갔다.

여담이지만, 이날 그들이 술자리에서 나눈 대화로 인해 풍잔

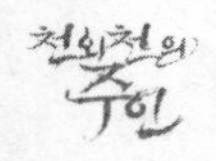

과 개방의 관계는 새로운 전기를 맞이하게 되었다.

같은 시각.

전장을 등지고 돌아선 사도진악은 자신의 실책을 깨달으며 울분을 토하고 있었다.

마땅히 뒤따라올 것이라고 생각한 사군과 야효가 감감무소식이었던 것이다.

그런데 그런 그에게 실로 웃어야 할지 울어야 할지 모를 새로운 소식이 전해졌다.

바로 흑도천상회가 잿더미로 변했다는 소식이었다.

"신도귀명 구양청이 그 자리에서 죽고, 구양세가를 축으로 하는 무림세가들이 완전히 와해되어 버렸다고 합니다. 흑도천상회의 총단은 그야말로 서까래 하나, 풀 한포기 하나 남지 않고 잿더미로 변했고 말입니다."

"그, 그렇게나……?"

사도진악은 못내 당황하며 확인했다.

"나선 건 어디냐? 무림맹이냐, 풍잔이냐?"

"풍잔입니다. 설무백이 직접 나섰다는 보고입니다."

"그럼 설 가, 그놈이 풍잔의 전력을 동원했다는 거냐?"

"아, 아니, 그게 아니라……!"

흑도천상회의 총단에서 벌어진 사태를 보고하던 마천휘는 선뜻 대답하지 못하고 매우 곤혹스러워했다.

솔직히 말하면 그 역시 수하에게 보고를 받은 흑도천상회의 사태가 도저히 믿기지 않았기 때문이다.

사도진악이 눈을 부라리며 윽박질렀다.

"아니긴 뭐가 아니라고 그리 대답을 못하고 뜸을 들이는 게야!"

마천휘는 어쩔 수 없이 전해 들은 사실을 밝혔다.

"그, 그게, 그러니까, 야묘(夜猫)들의 보고에 따르면 백 명 안팎의 인원이었다고 합니다."

"……!"

사도진악의 눈이 커졌다.

거대한 쇠뭉치로 머리를 한 대 맞은 것 같은 반응이었다.

"고작 백 명 안팎의 인원으로 이천여 명에 달하는 구양세가와 세가연맹의 무사들이 지키는 흑도천상회의 총단을 괴멸시켰다고?"

마천휘는 곤혹스러운 표정, 기어 들어가는 목소리로 대답했다.

"이, 일단 보고는 그렇습니다."

"음!"

사도진악은 절로 침음을 흘렸다. 그리고 참담하게 일그러진 표정으로 주변을 오락가락 서성거렸다.

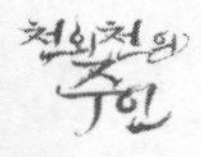

무언가 심대한 고민에 빠져 있을 때 그가 보여 주는 습관이었다.

그럴 수밖에 없는 것이, 흑도천상회의 총단이 무너질 수도 있다는 생각은 이미 하고 있었다.

저간의 사정으로 볼 때, 그는 자신이 자리를 비우면 적어도 무림맹이나 풍잔 중 하나는 흑도천상회의 총단을 노릴 수 있다는 판단이었고, 그마저 충분히 염두에 두고 나선 것이 이번 강호행이었다.

그의 입장에서 같은 편이라도 그와는 다른 마교의 줄을 잡고 있는 구양세가의 구양청은 심히 껄끄러운 존재인지라 이번 일로 납작코를 만들어 버리겠다는 계획이었다.

전후사정을 따지고, 이런저런 전력을 감안해 봐도 무림맹이 나서든 풍잔이 나서든 간에 구양세가의 구양청이 쉽게 해결할 수 없다는 것이 사도진악의 판단이었던 것이다.

그러나 이건 그가 생각한 정도를 벗어난 사태였다.

'괴멸이라니? 구양청이 죽다니? 풍잔이, 설 가, 그 애송이가 그처럼 대단하다고?'

사도진악은 내심 고개를 저으며 부정했다.

아무래도 이건 믿을 수 없는 사태였다.

"가자! 내 눈으로 직접 확인해 봐야겠다!"

마천휘가 재빨리 그의 앞을 막아섰다.

"안 됩니다, 사부님!"

"이런 건방진……!"

사도진악은 벌컥 화를 냈다.

"대체 안 되긴 뭐가 안 된다는 게야!"

마천휘가 털썩 한무릎을 꿇으며 말했다.

"함정일 수도 있습니다. 저라도 그럽니다. 지금과 같은 사부님의 분노를 예견하고 길목에 매복을 깔아 둘 겁니다."

"……!"

사도진악은 말문이 막혔다.

수긍하지 않을 수 없었다.

마천휘가 거듭 고개를 숙이며 말했다.

"총단으로 가십시오, 사부님. 제자가 가서 전후사정을 살펴보도록 하겠습니다."

당연하게도 지금 마천휘가 말하는 총단은 잿더미로 변했다는 흑도천상회의 총단이 아니라 쾌활림의 새로운 총단이었다.

사도진악은 진즉부터 비밀리에 모처에다가 쾌활림의 새로운 총단을 마련해 두었던 것이다.

"아무래도 그게 좋을 것 같습니다, 림주."

내내 침묵으로 일관하던 군사 구양보가 넌지시 마천휘의 의견에 동조하고 나섰다.

"상황이 예상과 다르게 돌아갈 때는 자중하는 것이 좋습니다, 림주."

다른 사람은 몰라도 구양보의 의견은 무시하지 못하는 사도진악이었다.

이내 흥분을 가라앉힌 그는 긴 심호흡으로 냉정을 되찾았으면서도 못내 신경질적으로 외쳤다.

"돌아가자!"

호가호위狐假虎威 (4)

사람은 누구나 다 육감이라고 해서 실질적으로 느끼는 오감 이외에도 도무지 알 수 없는 사물의 본질을 직감적으로 포착하는 느낌을 가지고 있는 법이다. 그리고 그 육감은 거의 대부분 틀리는 경우가 허다하나, 아주 가끔은 들어맞는 경우도 있다.

묘하게도 불길한 느낌은 비껴가지 않는다는 말이 그래서 생겨났다.

수십 혹은 수백 번의 육감 중에서 고작 한 번이 들어맞은 것에 불과해도 불길한 느낌이 들어맞은 것은 워낙 강렬한 기억으로 남아서 절대 쉽게 잊히지 않기 때문이다.

그런데 가뜩이나 화를 억누르고 돌아가던 사도진악이 공교롭게도 그런 일을 당했다.

쾌활림의 새로운 총단으로 가는 내내 그는 왠지 모르게 불길한 감정에 휩싸여 있었다.

예상치 못한 무당마검의 등장으로 말미암아 취죽개를 놔주고 물러난 것도 짜증 나고, 와중에 사군과 야효를 잃은 것도 못내 분해서 화가 나기는 했다.

하지만 그것과는 별개로 이유를 알 수 없는 찜찜함이 시종일관 그의 발걸음을 무겁게 하고 있었다.

사도진악은 내심 그 이유를 몰라서 더욱 기분이 상했는데, 새로운 총단에 도착하자마자 그 이유를 알 수 있었다.

예정도 없이 천사인과 지사인을 대동한 백령과 다수의 흑사자들이 그를 맞이했다.

와중에 사도진악의 곁으로 다가와 시립하는 두 명의 죽립인, 바로 천사인과 지사인 중 천사인의 움직임이 매우 어색했다.

절름발이처럼 한쪽 다리를 절뚝이는 것도 부족해서 어깨 한쪽이 아래로 축 처져서 정면으로 게처럼 옆으로 걷는 것처럼 보였다.

"뭐야? 얘 왜 이리 병신이 됐어?"

싸늘하게 변한 사도진악의 눈빛이 백령에게 고정되었다.

얼어붙은 것처럼 꼼짝도 하지 않고 서 있던 백령이 그제야 털썩 무릎을 꿇으며 말을 더듬었다.

"서, 설무백에게 당했습니다!"

"……!"

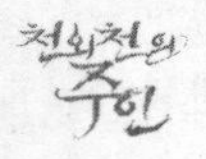

사도진악의 얼굴이 대번에 휴지처럼 일그러졌다.

이거였다.

이 이름을 다시 들을 것 같아서 내내 그리도 기분이 찜찜했던 것이다.

"아니, 또 여기서 왜 그 이름이 나오는 거야? 설 가, 그놈이 왜? 어떻게 개방 분타를 노리는 너희들을 공격했다는 거야?"

"그, 그게……!"

백령은 산양부의 철산개를 노리다가 역으로 함정에 빠졌던 흑령의 상황을 설명했다.

그리고 당시 느닷없이 나타나서 천사인을 압도한 설무백의 가없는 무위를 밝히며 치를 떨었다.

"……노, 놈은 인간이 아닙니다! 인간이라면 천사인을 일 장에 날려 버릴 수는……!"

"죽고 싶나?"

사도진악은 더 듣지 않고 싸늘한 질문으로 말을 끊으며 백령을 주시했다.

백령이 그제야 자신의 실책을 깨달으며 바닥에 이마를 찧었다.

"주, 죽을죄를……!"

사도진악은 정말 죽일 듯이 백령의 뒤통수를 노려보다가 이내 한숨을 내쉬며 물러나 독심광의 구양보에게 시선을 주었다.

"어떻게 생각해?"

구양보가 대답했다.

"이번 계획에서 개방의 몇몇 요인들은 각별히 신경을 써서 노리도록 했지요. 철산개도 그중의 하나이고 말입니다. 그런데 철산개의 대비야 어찌 보면 당연한 일이지만, 그자가 나선 것은 매우 놀랍네요. 주군의 계획이 사전에 샜을 리는 만무하고, 순전히 그자의 통찰력이라 봐야 하니, 앞으로의 행사에는 실로 만전을 기해야겠습니다."

쿵—!

사도진악이 신경질적으로 발을 구르며 사납게 으르렁거렸다.

"개나 소나 다 알 수 있는 그런 얘기밖에 없나? 보다 근본적인 대책 따위는 그 잘난 머리에서 나오지 않는 거야? 응?"

구양보가 전혀 주눅 들지 않는 모습으로 눈을 끔벅거렸다.

늘 그렇듯 제갈량과 비교될 정도로 명석한 두뇌의 소유자라는 것과 어울리지 않게 우둔해 보이는 모습이었다.

하지만 이어서 그의 입에서 흘러나온 대답은 명불허전, 날카롭기 짝이 없었다.

"수하는 이미 말씀드렸습니다. 이번 계획은 너무 급박하며 사리에도 맞지 않아서 자중하시는 게 어떠냐고 말입니다. 그런데도 끝내 이번 일을 강행하신 것은 주군의 뜻이었습니다. 그러니 이제 그만 진실을 말씀해 주십시오. 대체 왜 느닷없이 이번 일을 계획하신 겁니까?"

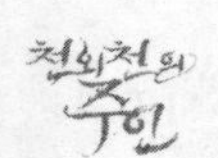

"……!"

사도진악은 잠시 대답을 잊고 물끄러미 구양보를 바라보았다.

구양보가 대담해서 할 말은 하는 사람이라는 것은 그도 익히 잘 알고 있었지만, 기본적으로 무슨 일이 있어도 지켜야 하는 선은 지킨다는 것 또한 그가 아는 구양보였다.

그가 구양보의 성격을 잘 알 듯 구양보 역시 그의 성격을 잘 알고 있기 때문이다.

그런데 지금 이건 선을 넘었다.

답답한 마음에 실수를 한 것인가, 아니면 새롭게 믿는 구석이 생겨서 이러는 것일까?

그 어느 것이든 가능성이 있으나, 분명한 것은 그가 아는 구양보라면 지금과 같은 일은 없었다는 것이 그의 판단이었다.

이내 실소하듯 피식 웃은 그는 자세를 바로하며 불쑥 물었다.

"지금 내가 무슨 생각하고 있는지 알고 있지?"

장내가 찬물을 끼얹은 것처럼 조용해졌다.

다들 예사롭지 않은 사도진악의 변화를 감지한 것이다.

모두의 시선이 구양보에게 집중되어 있었다.

구양보가 아무렇지도 않게 모두의 시선을 감대하며 당연하다는 듯이 고개를 끄덕였다.

"예, 압니다. 저를 의심하고 있지 않습니까?"

사도진악은 단도직입적으로 물었다.

"왜 그래?"

구양보가 무심하게 말했다.

대답이 아니라 오히려 질문이었다.

"이번 계획에 대한 저의 소견을 먼저 말씀드려도 되겠습니까?"

사도진악의 입가에 떠오른 미소가 짙어졌다.

앞서와 달리 싸늘한 적의가 스민 미소였다.

"너 목숨을 걸었구나?"

구양보가 난처해진 표정으로 사도진악을 바라보았다. 그러다가 결국 고개를 끄덕이며 인정했다.

"송구하게도 그렇습니다."

사도진악이 싸늘한 미소를 굳히며 어깨를 으쓱했다.

"그렇다면 들어주지 않을 수 없지. 어서 말해 봐."

구양보가 말했다.

"주군께서는 이미 오래전부터 마교총단의 이공자인 악초군의 손을 잡고 있었습니다. 그런데 제가 알기로 이번 계획은 이공자의 주문이 아니었습니다. 제가 아는 주군의 성격상 독단으로 이런 일을 계획할 리가 없습니다. 이건 너무 무리일 뿐만 아니라, 괜히 숲을 건드려서 뱀을 놀라게 하는 타초경사(打草驚蛇)라는 것을 뻔히 아실 분이니까요."

그는 말미에 안색을 굳히며 물었다.

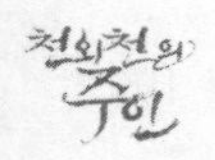

"혹시 저울질을 하시는 겁니까? 이공자 악초군과 북해에 운거한 칠공자 야율적봉을요?"

사도진악은 이제야 깨달으며 웃는 낯으로 고개를 끄덕였다.

구양보의 질문을 듣고 나니, 구양보가 믿는 구석이 어딘지 절로 알게 되었기 때문이다.

"이공자인가?"

구양보가 대답 대신 품을 뒤져서 꺼낸 무언가를 사도진악에게 내밀었다.

작은 전서였다.

사도진악은 두말없이 전서를 받아서 확인했다.

언제 보낸 건지는 모르겠으나, 마교총단의 이공자인 악초군이 보낸 전서였다.

전서의 내용은 그리 길지 않았다.

대신에 그로 하여금 많은 것을 생각하게 만드는 내용이었다.

힘을 뽐내고 싶은 모양인데, 왜? 내겐 이미 인정받았잖아? 명심해. 그를 대신할 자는 내게 얼마든지 있다는 사실.

사도진악은 전서를 와락 구겨서 삼매진화로 불태우며 구양보를 노려보았다.

"내게 보낸 게 아니군."

구양보가 고개를 끄덕이며 대답했다.

"제게 보낸 겁니다. 이틀 전에 왔습니다."

"그간 이공자와 수시로 연락을 주고받고 있었다는 건가?"

"그것도 제 임무라고 생각했습니다."

"뒷구멍으로 나를 평가하면서 말이지?"

"그의 소행이지 저는 아닙니다. 저는 단 한 번도 주군을 평가한 적이 없습니다."

"그 말 믿어도 되나?"

"믿으십시오. 제게 주군을 속일 이유는 없습니다. 제 목숨은 이미 오래 전부터 주군에게 있으니까요."

사도진악은 일말의 감정도 들어나지 않은 표정으로 잠시 뜸을 들이며 구양보를 바라보다가 불쑥 물었다.

"무언가를 믿고 안 믿고는 내 마음이다. 늘 그래 왔듯이 말이다. 그러니 그건 차치하고, 그래 이제 와서 이걸 내게 보여 주는 이유가 뭐냐?"

구양보가 안색을 굳히며 대답했다.

"저는 이공자가 아니라 주군의 수하이기 때문입니다."

"그래서?"

"그런데 저의 생각도 이공자와 같습니다. 저 역시 주군께서 벌이신 이번 일이 칠공자 야율적봉의 주문에 의한 것이라고 생각하며, 또한 이공자의 생각처럼 이공자가 마음만 먹으면 얼마든지 주군의 자리가 위태로울 수 있다고 생각하고 있습니다."

사도진악은 무심결에 건네는 말처럼 물었다.

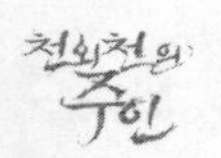

"정말 그렇게 생각해? 이공자가 마음만 먹으면 얼마든지 나를 제거할 수 있다고?"

구양보가 대수롭지 않다는 투로 대꾸했다.

"그게 사실인지 아닌지는 전혀 중요하지 않습니다. 중요한 것은 사실 여부와 상관없이 저는 그렇게 믿어야 한다는 겁니다. 그래야 앞으로도 아무런 거리낌 없이 이공자와 소통할 수 있을 테니까요. 물론 주군을 위해서 말입니다."

사도진악은 피식 웃으며 구양보의 어깨를 잡았다.

"역시 머리 하나는 정말 인정할 수밖에 없군그래. 방금 언변으로 목숨 한 번 건진 거다."

구양보는 방금 너를 죽이려 했다는 사도진악의 말을 듣고도 그런 건 아무래도 상관없다는 표정으로 물었다.

"그래서 이제 어떻게 하실 겁니까? 제가 아는 이공자는 그리 인내심이 많지 않습니다. 어떤 결정을 하시든 서두르시는 것이 좋습니다."

사도진악은 가볍게 심호흡을 하고는 주변을 둘러보았다. 그러고 보니 그는 아직 대문가에 서서 대사를 논하고 있었다.

하물며 분명 밝은 대낮에 도착했는데 꽤나 시간이 지났는지 어느새 땅거미가 지는 중이었다.

무심코 서산으로 넘어가는 해가 붉게 물들인 석양에 시선을 고정한 그는 이제야 앞서 구양보가 건네 질문에 대한 답변을 주절주절 말했다.

"틀렸어. 잘못 본 거야. 개방을 치는 이번 계획은 야율적봉의 주문이 아니야. 내 독단이지."

"……!"

"다만 내가 그간 악초군과 야율적봉을 저울질하고 있었던 것은 맞아. 근데, 아무리 생각해 봐도 누가 우위를 점할지 도통 알 수가 없단 말이지. 그런데 좀 더 시간을 두고 접근하려는 생각이었는데, 갑자기 야율적봉이 내게 사람을 보내더군. 자기 쪽에 서라고 말이야."

그는 갑자기 코웃음을 치며 말을 이었다.

"말이 좋아 권유고, 실제는 거의 협박이었지. 그래서 무리인 것을 알면서도 개방을 친 거야. 내게도 이 정도의 힘이 있다는 것을 알리기 위해서야 말이야."

그는 석양에 고정했던 시선을 내려서 구양보를 바라보며 불쑥 물었다.

"누구에게?"

"아!"

구양보가 이제야 알겠다는 듯 절로 감탄하며 대답했다.

"칠공자가 아니라 이공자의 관심을 끌려는 것이었군요!"

"아니."

사도진악은 피식 웃으며 잘라 말했다.

"모두의 관심을 끌려는 거였어. 마교의 모든 세력을 염두에 두었고, 어느 누가 더 적극적이냐에 따라서 향후의 진로를 결정

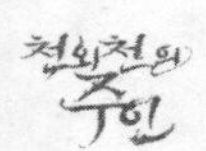

할 생각이지. 그런데 지금까지는 이공자네?"

구양보가 눈이 커져서 물었다.

"하시면……?"

사도진악은 신형을 돌려서 대문을 등졌다.

"이래저래 손해가 막심하긴 하지만, 아주 성과가 없는 것은 아니야. 나름 힘을 뽐냈고, 개방의 정보망도 붕괴시키는 데 성공했으니까. 그러니 조금 더 기다려 보도록 하지."

그는 발길을 서두르며 명령했다.

"풀었던 애들 전부 다 총단으로 불러들이고 당분간은 꼼짝도 하지 마! 나는 예정대로 잠시 황궁에 다녀올 테니까!"

호가호위狐假虎威 (5)

"에, 또…… 북경상련의 장원이 이제 거의 완성되었다고 하네요. 철각사 노야께서도 잘 적응하고 계시고요. 언제 한번 놀러 오시랍니다."

설무백의 거처였다.

흑도천상회의 총단이 잿더미로 변했다는 소문보다 먼저 풍잔에 도착한 설무백은 늘 그렇듯 거처로 들어서기 무섭게 찾아온 제갈명에게 그간의 동향을 보고 받고 있었다.

"그리고 당문에서 인편으로 벽곡단을 보내왔습니다. 제가 보기엔 영락없이 독단인데, 묵면화상 노야가 확인해 보더니, 독후가 먹을 수 있는 벽곡단이라며 아주 기뻐서 날뛰시더군요. 실제로 독후가 시식했고, 만족했습니다. 그 사실을 전했더니,

곧 대량으로 제조해서 보내 주겠다고 하더군요."

"그래? 그것 참 다행이군."

설무백의 대답하자, 제갈명이 어이없어했다.

"그게 끝입니까?"

"무슨 말이 더 필요한데?"

"묵면화상 노야의 말을 들어 보니, 당문의 팔대극독에 속하는 반구혈장(盤鳩血漿)과 자오분심(子午焚心), 칠보단혼산(七步斷魂散)이 사용된 독단, 아니, 벽곡단이라고 하더군요. 자문의 비전이 외부로 유출되는 것을 막으려고 데릴사위를 고집하는 천하의 사천당문이 자신들의 비전독술의 정화인 팔대극독 중 세 가지나 내준 겁니다."

제갈명은 정말 놀라운 일이라는 듯 혀를 내두르며 덧붙였다.

"이거 정말 보통 선심이 아닙니다. 대체 당문은 또 언제 그렇게까지 구워삶아 놓은 겁니까?"

"……!"

설무백은 잠시 멈칫하며 손가락으로 콧잔등을 긁었다.

듣고 보니 기분이 묘했다.

독후 이이아스를 위해서 눈물의 곡절까지는 아니라도, 이러쿵 저러쿵 구구절절한 사연과 부탁의 말을 전하긴 했으나, 그렇게까지 귀중한 물건을 동원해 줄은 몰랐다.

왠지 모르게 가슴 한 구석이 싸해질 정도로 불길한 느낌을 받은 그는 혹시나 하는 마음으로 물었다.

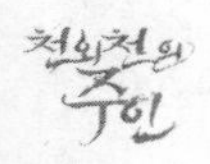

"혹시 당문에 그럴 만한 여식이 있나?"

제갈명이 예리하게 바로 알아듣고는 의미심장한 미소를 지으며 대답했다.

"주군이 말씀하시는 그럴 만한 여식이 제가 생각하는 그럴 만한 여식과 같다면…… 예, 있지요. 현 당문의 주력 세대인 당문오형제를 오라비로 둔 천수태세 당가휘의 금지옥엽(金枝玉葉)인 당소취(唐邵鷲)말입니다. 방령(芳齡) 열여덟 살을 넘어섰고, 독지화(毒紙花)라는 별호로 유명하지요."

설무백은 너무 몰라서 실언을 했다.

"아직 안 죽었나?"

"예?"

제갈명이 그게 무슨 소리냐는 표정으로 설무백을 바라보았다.

설무백은 그제야 자신의 실언을 인지하며 재빨리 말을 얼버무렸다.

"아니, 그냥…… 잠시 다른 사람과 헛갈렸어."

사실은 헷갈린 게 아니었다.

정확히 당소취를 두고 하는 말이었다.

그가 가진 전생의 기억에 따르면 천수태세 당가휘의 여식인 당소취는 일찍이 지병으로 사망했었다.

'당시 나이가 열 살이던가, 그랬지 아마?'

그런데 그런 당소취가 죽지 않고 멀쩡히 살아 있다는 것이다. 이 또한 그의 환생으로 인해 변한 역사이리라.

"그보다 별호가 독지화?"

"예, 그렇다네요."

제갈명이 고개를 끄덕이며 부연했다.

"자기 자신이 지은 별호랍니다. 일찍이 지병으로 몸이 허약해서 늘 창백한 안색인데다가 지병을 치료하느라 복용한 탕약 냄새 때문에 여자인데도 지분 냄새가 나지 않는다는 의미라네요. 꽃은 꽃인데 향기 대신 독한 냄새가 나는 종이꽃이라는 거지요."

설무백은 피식 웃었다. 이 또한 아는 얘기였다.

"당찬 여자네."

제갈명이 눈을 끔벅이며 물었다.

"어디를 봐서요?"

설무백은 대수롭지 않게 말했다.

"곧 죽어도 자기가 꽃이라는 거잖아. 자기가 여자인 것은 포기할 수 없다 이거지. 당차지 않아?"

제갈명이 뒷머리를 긁적였다.

"듣고 보니 그런 것 같기도 하네요."

"근데, 이상하네? 내가 왜 한 번도 못 봤지? 내게 소개할 마음이 없었던 건가?"

"워낙 폐쇄적인 집안의 일이라 제대로 알려진 것인지는 모르겠지만, 지병으로 인해 모처에서 치료를 받고 있다는 얘기가

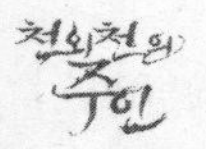

돌긴 했습니다. 아무래도 그게 사실인 모양이네요."

"그런가?"

설무백은 거기서 생각을 접었다.

당문의 이번 호의와 당소취를 연결 짓는 것은 그가 너무 나간 것 같다는 기분이었다.

쓸데없는 노파심일 가능성이 매우 높았다.

"그건 그렇고, 뭐 또 더 있어?"

제갈명이 보고를 위해서 들고 왔던 장부를 한 번 더 이리저리 살피다가 이내 덮으며 대답했다.

"그 이외에는 별다른 게 없네요. 검산의 한 노야와 삼수방의 아니, 잔결방의 공손축 등, 삼수 노야가 보낸 의례적인 안부 서신이 다입니다."

사실을 말하자면 검산의 한 노야, 바로 검치 한상지와 잔결방의 청면왜수 공손축 등이 보낸 안부 서신은 단지 의례적으로 안부를 묻는 서신이 아니었다.

그들이 설무백의 지시에 따라 쉬지 않고 노력하며 정진하고 있다는 보고였고, 언제든지 불러 달라는 의지 표현이었다.

그러나 가뜩이나 하는 일 많은 제갈명에게 그런 것까지 일일이 다 주지시킬 필요는 없을 것이다.

"이상입니다!"

제갈명의 보고가 그렇게 끝나고, 그다음부터는 평소처럼 설무백의 질문이었다.

"무림맹에서는 흑도천상회의 사태를 어떻게 보고 있지?"

"아직 거기까지는 알 수 없죠. 여기 난주도 이제 고작 그 소식이 전해진 걸요."

"그래?"

"조금 늦죠? 누군가 의도적으로 소문을 막는 것처럼 말이에요. 근데, 그건 아닙니다. 요즘 세태가 그래요. 매사에 쉬쉬합니다. 그게 무슨 일이든 얽히기 싫은 거죠. 무서워서."

설무백은 충분히 그럴 수 있겠다는 기분이 들어서 묵묵히 고개를 끄덕이는 것으로 수긍을 표했다.

제갈명이 그에 아랑곳하지 않고 계속 말을 이어 나갔다.

"그래서 그런지 요즘은 모든 것이 상식 밖입니다. 여기저기서 개방의 분타들이 작살나고, 난데없이 흑도천상회의 총단이 잿더미로 변했는데, 모순적이게도 세상이 아주 잠잠한 느낌이에요. 폭풍전야도 이런 이상한 폭풍전야가 없습니다."

"다들 그만큼 지친 거지."

"예?"

설무백은 질문으로 독백을 감추었다.

"그래서 결론이 뭐야?"

제갈명이 어깨를 으쓱했다.

"이상하다는 거죠. 분명 무언가 일이 벌어져도 크게 벌어질 것 같은 분위기인데 실제는 너무 평온하단 말이죠."

설무백은 이맛살을 찌푸렸다.

"우리만 그런 거잖아?"

제갈명이 바로 고개를 끄덕이며 동의했다.

"그러니까요. 우리요."

그리고 도무지 모르겠다는 표정으로 오만상을 찡그리며 재우쳐 물었다.

"왜 그럴까요?"

설무백은 이제야 제갈명이 무슨 말을 하고 싶은 것인지 깨달으며 안색을 바꾸었다.

"그러니까, 우리는 왜 평온한 걸까. 놈들이 우리만 가만히 내버려두는 것이 이상하다?"

제갈명이 멋쩍게 히죽 웃었다.

"저는 도무지 답을 찾을 수가 없어서요. 혹시나 주군은 뭐 좀 아는 게 있을까 해서요."

설무백은 자못 심각해졌다.

"그러고 보니 나도 그동안 그걸 간과하고 있었네. 그냥 당연한 것처럼 받아들이고 있었어."

"그런데 제 말을 듣고 보니 역시 이상하죠?"

"과연 그렇군."

제갈명이 반색하고는 의미심장하게 말했다.

"제가 그동안 여러 가지 방면으로 심사숙고해 봤는데요. 그럴 수 있는 상황은 딱 두 가지밖에 없더라고요."

설무백은 절로 입맛을 다셨다.

제갈명의 말마따나 그도 그럴 수 있는 상황은 두 가지밖에 떠오르지 않았다.

이내 그는 관심을 드러냈다.

"말해 봐."

제갈명이 주변에 아무도 없는데 마치 들으면 안 된다는 듯이 고개를 숙이고 목소리를 낮추어서 말했다.

"첫째는 그냥 무조건 자신이 있다는 것이고, 둘째는 우리 사정을 손바닥처럼 훤히 꿰고 있다는 거지요. 물론 저는 여전히 그 어느 것도 가능성이 매우 희박하다는 생각이지만, 아무리 생각해도 그나마 가능성이 있는 건 그 두 가지뿐입니다."

설무백은 무슨 말인지 충분히 이해하며 물었다.

"그렇게 말하는 것을 보니 나름 조사할 수 있는 건 다 조사했다는 뜻이군. 맞아?"

제갈명이 못내 어색하게 웃으며 대답했다.

"진위를 떠나서 세상일은 또 모르는 거잖습니까. 그래서 나름 제가 할 수 있는 선에서 극비리에 죄다 파 보았지요."

"그래서 결과는?"

"휴……!"

제갈명은 우거지상으로 한숨을 앞세우며 대답했다.

"없습니다. 적어도 제 능력으로는 찾아낼 수 없는 곳에 저들의 눈이 있다는 뜻입니다."

설무백은 난데없이 제갈명의 면전으로 손을 내밀며 말했다.

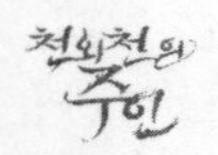

"전력을 다해서 잡아 봐."

제갈명이 새삼 한숨을 내쉬며 손을 내저었다.

"그간 제 무공이 얼마나 늘었는지 보시려는 거라면 됐습니다. 일전의 수준에서 거의 변동이 없으니까요."

그는 계면쩍은 표정으로 웃으며 변명했다.

"이상하게 안 늘어요, 정말. 아주 타고 났어요 그 방면으로. 헤헤……!"

그리고 이내 정색하며 말을 덧붙였다.

"하지만 사람을 보는 눈이 무공과 비례하지 않는다는 거, 그리고 제가 눈치 하나는 기가 막힌다는 거 잘 아시죠?"

설무백은 긍정도 부정도 하지 못한 채 그저 한숨을 내쉬며 손을 내저었다.

"그래, 알았다. 수고했으니 그만 나가 봐라. 그 부분은 내가 좀 더 깊이 생각해 보도록 하지."

"아, 예. 그럼 저는 이만……!"

제갈명이 기꺼운 표정으로 인사하며 돌아서서 문을 열고 총총히 사라졌다. 그리고 이내 다시 총총히 나타나서 문을 열고 들어서며 말했다.

"저기, 주군. 호랑이도 제 말하면 온다더니만……!"

"잠깐!"

설무백은 재빨리 손을 들어서 제갈명의 말을 막고는 한껏 이맛살을 찌푸리며 물었다.

"설마 지금 내가 생각하는 그거 아니지?"

"그걸 걸요, 아마?"

제갈명이 얄밉게 웃으며 잘라 말했다.

"당문에서 손님이 왔는데, 묘령의 여인이고, 자신이 독지화 당소취라고 했답니다. 제일객청의 귀빈실로 모셨다니, 어서 가보시죠?"

설무백은 본의 아니게 한숨을 내쉬며 자리를 털고 일어나서 방을 나섰다.

방문 밖에는 제갈명 이후의 차례를 기다리는 풍잔의 요인들이 줄줄이 늘어서 있었다.

그들 모두가 총총히 설무백의 뒤를 따라나섰다.

그렇듯 설무백이 의도치 않게 풍잔의 요인들을 대동하고서 도착한 제일객청의 귀빈실에는 묘령의 여인 하나와 사십 대로 보이는 중년미부 하나가 자리하고 있었다.

묘령의 여인은 그린 듯한 눈썹에 흑백이 분명한 눈동자, 오뚝한 콧날이 타고난 자존심의 높이를 말해 주고, 백설같이 하얀 피부와 수초(水草)처럼 가냘픈 몸매가 높은 담장 안의 규중(閨中)에서 고이 자란 천금(千金)이라는 것을 과시하는 듯한 미인이었다.

다만 그런 용모와 별개로 연분홍 경장(輕裝)에 손에는 녹피장갑(鹿皮掌匣)을 끼고, 녹색 광망이 흐르는 채찍을 허리에 매달아서 당문의 핏줄임을 여실히 드러내고 있었다.

그녀가 바로 당문의 금지옥엽이라는 독지화 당소취인 것인데, 절로 치켜떠진 눈매에 오만한 빛이 흐르고 있어서 보통 성격이 아님이 드러났다.

그러나 설무백의 시선은 객청의 귀빈실로 들어서는 순간부터 그런 당소취가 아니라 다른 사람에게 고종되어 있었다.

바로 당소취의 뒤에 시립해 있는 사십 대의 중년미부가 그의 시선을 사로잡아 버렸다.

어이없게도 그녀는 그가 아는 여자였기 때문이다.

"소수귀낭(素手鬼娘) 매옥산(買玉散)……?"

실수였다.

실로 예상하지 못한 사람을 예상 밖의 장소에서 마주치자 무심결에 기억나는 이름을 말해 버렸다.

순간, 장내가 살벌하게 변했다.

당소취의 뒤에 다소곳이 시립해 있던 중년미부, 소수귀낭 매옥산이 발작적인 움직임으로 몽둥이처럼 생겼으나 흉흉한 느낌을 주는 암기를 뽑아 들어서 설무백을 겨누었다.

동시에 그에 따른 당연한 반응으로 설무백의 그림자 속에서 튀어나온 요미가 전광석화처럼 매옥산의 뒤로 돌아가서 목을 움켜잡았고, 설무백의 뒤에 서 있던 공야무륵이 천천히 도끼를 뽑아 드는 가운데, 칼끝으로 매옥산의 목을 겨눈 흑영과 백영의 모습이 그림처럼 나타났다.

장내의 시간이 그 상태로 잠시 정지해 버렸다.

사십 대의 중년미부, 소수귀낭 매옥산의 목을 움켜잡은 요미의 손은 핏빛으로 변해 있었다.

매옥산의 목을 파고들어서 피를 낸 것이 아니었다.

그녀의 손 자체가 그렇듯 붉게 달아올라 있었다.

바로 천하십대권법의 하나이자, 천하십대강기의 하나로 꼽히는 혈옥수였다.

게다가 요미의 다른 손에는 역시나 요사스러운 핏빛으로 번들거리는 무림 십대 흉기의 하나인 혈마비가 들려 있었다.

상대가 누구든 설무백을 위협하는 것이 그녀를 얼마나 분노하게 만드는지를 여실히 드러내는 모습이었다.

설무백의 능력을 믿고, 또한 허락을 얻고 나선 것이 아닌지라 즉각 살수를 펼치지는 않았으나, 부지불식간에 그녀 자신이 가진 전력을 드러낸 것이다.

그뿐 아니라, 그녀와 간발의 차이로 모습을 드러낸 흑영과 백영의 신위와 보란 듯이 느긋하게 도끼를 뽑아 드는 공야무륵의 무력시위 또한 절대 무시할 수 없었다.

그러나 정작 소수귀낭 매옥산을 당혹스럽게 만든 것은 따로 있었다.

졸지에 자신의 목숨을 위협하는 그들의 무위가 놀랍지 않다면 거짓말일 테지만, 그보다 문가에 서서 이리저리 고개만 내민 자들의 태도가 그랬다.

마치 불장난을 구경하는 애들처럼 희희낙락하는 그들의 태도는 정말이지 놀랍고 당혹스럽다 못해 어처구니가 없었다.

“소수귀낭의 이름이 매옥산이었나?”

“그런가 보네요. 우리 주군은 별걸 다 아시고 계시죠?”

“그러게. 그건 그렇고, 요미가 많이 늘었군. 이젠 정말 나라도 감당하기 어렵겠어.”

“흑영과 백영도 상당히 발전했네요. 다음번 서열 비무는 파란이 일겠는걸요?”

“근데, 저 여자가 들고 있는 저거 육혼망(戮魂芒)아닌가?”

“육혼망이요? 그게 뭐예요?”

“육혼망을 몰라?”

소수귀낭 매옥산은 모르지만 설무백을 만나려다가 본의 아니가 줄줄이 따라온 풍잔의 요인들 중 두 사람인 예충과 풍사의 대화에 다른 사람이 끼어들었다.

역시나 그녀는 아직 누군지 모르는 환사였다.

“옛날 사람 티를 내시오? 육혼망이라니까 모르는 거 아니요? 옛날에나 그렇게 불렀지 요즘은 다 천왕침통(天王針筒)이라고 부른다오.”

천왕침통, 바로 사천당문의 팔대 암기 중 하나였다.

천왕침통이라는 본래의 이름이 알려지기 전인 과거에는 강호 무림인들 사이에서 혼(魂)을 도륙하는 암기라는 뜻을 가진 무시무시한 이름인 육혼망이라고 불렸던 것이다.

“그런가? 아무려나, 어떻게 당문의 팔대 암기 중 하나인 육혼망을 아니, 천왕침통을 저 여자가 가지고 있을 수 있는 거지? 당문의 팔대 극독과 팔대 암기는 당문의 직계가 아니면 절대 손에 넣을 수 없는 거 아니었나?"

"그것도 그렇지만, 그보다 칠대 악인의 하나로 무림 공적인 저 여자가 어떻게 당문에 있는 건지 나는 그게 더 신기하구려."

소수귀낭 매옥산의 정체가 드러나는 순간이었다.

소수귀낭의 매옥산은 강호 칠대 악인의 하나이며, 그중에서도 구유차녀 담요와 어깨를 나란히 하며 천하제일의 색마이자, 채화음적(采花淫賊)으로 불리던 화수 채의와 쌍벽을 이루는 희대의 요녀였다.

담요와 같은 요녀로 취급받으면서도 굳이 색마인 화수 채의와 쌍벽을 이루는 것에는 그만한 이유가 있었다.

담요의 경우, 사내들을 유혹해서 잔인하게 죽이는 것이 다였다면 매옥산은 채음보양을 통해 젊음을 유지한 채의의 경우처럼 사내의 진기를 갈취하는 채양보음을 통해서 자신의 미모를 유지하는 악행을 자행했던 것이다.

이유야 어쨌든, 두려움이나 걱정보다는 흥미진진한 호기심으로 어수선한 장내의 분위기 속에서 매옥산은 실로 갈피를 못 잡고 있었다.

요미의 혈옥수와 흑영, 백영의 칼날 앞에서 죽을 수도 있다는 두려움과는 별개의 감정이었다.

당문의 팔대 암기 중 하나인 천왕침통으로 설무백을 겨누고

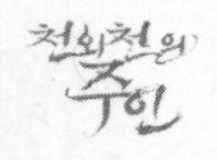

있었기 때문에 요미 등이 쉽게 살수를 펼치지 못하리라고 단정해서 더욱 그런지도 몰랐다.

다른 무엇보다도 장내의 반응을 도무지 이해할 수가 없다는 감정이 먼저인 것이다.

서로가 서로에게 면전에서 화살을 겨눈 형국인데, 왜 다들 이렇게 태평한 것일까?

매옥산이 내심 진땀을 흘리고 있는 그때였다.

내내 별다른 반응을 보이지 않고 자리에 앉아 있던 당소취가 슬쩍 그녀를 돌아보며 물었다.

"왜 이러는 건데?"

매옥산은 매서운 눈빛으로 설무백을 직시한 채 싸늘하게 대답했다.

"제 이름을 아는 자는 세 부류밖에 없습니다. 하나는 저를 사창가에 팔아넘긴 양부(養父)고, 다른 하나는 양부에게서 저를 산 그 사창가의 흑도 무리, 그리고 마지막 하나는 돈을 내고 어린 저를 범한 철면피들이지요. 분명히 다 찾아서 죽였다고 생각했는데……!"

"그거 너무 이상한 생각 아닌가?"

당소취가 정말 황당하다는 표정으로 말을 자르고는 보란 듯이 설무백의 전신을 위아래로 훑으며 덧붙여 말했다.

"이 사람이 대체 뭐가 아쉬워서 그런 짓을 했다는 거야?"

"……!"

매옥산이 잠시 말문이 막힌 표정이다가 싸늘한 목소리로 씹어뱉듯 말했다.

"지금의 모습이 과거를 대변하는 건 아니죠! 지금이야 번지르르 하지만, 과거에는 어떻게 살아왔는지 누가 알겠습니까!"

요미가 참지 못하고 실소하며 분통을 터트렸다.

매옥산의 목을 잡고 있는 그녀의 손이 한층 더 붉게 물들고 있었다.

"이 아줌마가 지금 우리 오빠를 아주 패륜아로 몰고 자빠졌네! 그냥 죽이자, 오빠? 응?"

매옥산이 냉소를 날렸다.

"네년이 손을 쓰면 저놈은 무사할 것 같으냐? 마음대로 해봐라! 어디 한번 다 같이 죽어 보자!"

매옥산은 여차하면 당장이라도 천왕침통을 사용할 기세였다.

그러나 요미는 코웃음을 날렸다.

"이 아줌마가 착각을 해도 아주 단단히 착각하고 있네? 아줌마? 지금 내가 그따위 수수깡쪼가리 같은 물건에 우리 오빠가 다칠 것 같아서 이러고 있는 줄 알아?"

"……?"

요미는 매옥산의 대답을 기다리지 않고 같잖다는 듯이 웃으며 자신의 질문에 스스로 답했다.

"천만에 말씀, 만만의 콩떡이야! 괜히 아줌마 죽였다가 오빠

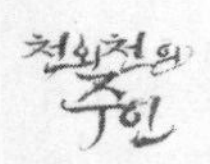

가 난처해질까 봐 참는 거야! 당문의 팔대 암기가 아니라 팔대 암기 할아버지가 와도 안 돼! 우리 오빠는 털끝 하나 안 상해!"

당문의 팔대 암기를 무시하는 것은 당소취가 못 참겠는 모양이었다.

매옥산보다 그녀가 먼저 미간을 찌푸리며 나섰다.

"아무리 그래도 그건 좀 말이 심하네요. 감정적으로 그러지 말고 우리 차분하게 서로 존중하며 해결하죠?"

"차분하게 서로 존중하며 해결……?"

설무백이 처음으로 나서서 말을 받았다.

그리고 아무렇지도 않게 그녀들이 마주한 다탁의 의자를 빼서 앉은 것으로 매옥산이 겨누고 있는 천왕침통과의 거리를 더욱 가깝게 만들며 재우쳐 물었다.

"당문에서는 상대가 죽일 듯이 칼을 뽑아도 차분하게 서로 존중하며 해결하라고 가르치나?"

당소취가 당황한 기색으로 대답하려는데, 설무백이 슬쩍 손을 들어서 막으며 계속 말했다.

"아니잖아. 맞았으면 때려야지. 맞기 전에 먼저 때리면 더 좋고. 그게 강호 무림을 살아가는 우리들의 철칙 아닌가?"

당소취가 물러서지 않고 대들었다.

"맞은 것으로 치면 우리 매 숙모가 먼저 아닌가요? 매 숙모가 하는 말 그쪽도 들었잖아요. 매 숙모의 본명을 아는 사람은 오직 세 부류밖에 없다는 사실 말이에요."

설무백은 픽 웃으며 물었다.

"그럼 그쪽, 당 소저는 그중 어느 부류지? 그리고 매옥산의 이름을 아는 당문의 모든 사람들은 또 어느 부류고?"

"그, 그거야……!"

"매옥산이 말하는 세 부류와는 다른 네 번째 부류인 건가?"

"……!"

설무백의 무심한 듯 냉정한 시선이 매옥산에게 고정되었다.

그 상태로, 그는 다시 물었다.

"그럼 다섯 번째, 여섯 번째 부류는 또 없을까? 없다고 장담할 수 있어?"

"……!"

매옥산은 대답하지 못했다.

곤혹스러운 표정으로 진땀만 흘렸다.

그녀의 손에 들린 천왕침통이 실로 무색하게 느껴지고 있었다.

설무백은 냉정하게 가라앉은 눈빛으로 요미와 흑영, 백영 등을 둘러보았다. 물러나라는 눈빛이었다.

"칫!"

요미가 바로 물러나며 그 자리에서 사라졌다.

순간적인 사천미령제신술을 발휘해서 아무것도 없는 공간의 사각으로 몸을 숨기고, 설무백의 그림자 속으로 스며든 것인데, 그걸 제대로 본 사람은 장내에 아마도 없었다.

덕분에 흑영과 백영이 상대적으로 느리게 매옥산을 겨누고 있던 칼끝을 거두며 사라지는 모습이 모두의 시선을 끌었다.

물러남과 동시에 지면으로 스며드는 그들의 모습은 모두가 선명하게 볼 수 있었기 때문이다.

실로 고도의 지둔술이었다.

설무백은 그 순간에 손을 내밀어서 매옥산이 겨누고 있던 천왕침통의 전면을 움켜잡았다.

매옥산으로서는 뻔히 눈으로 보면서도 피할 수 없는 손 속이었다.

뒤늦게나마 천왕침통을 작동하지 않은 것은 순전히 그녀가 너무 놀라고 당황해서였다.

설무백은 그토록 경악하는 매옥산을 향해 빙그레 웃으며 말했다.

"요미의 말을 믿지 않지? 허풍이라고 생각하고 있지? 그러니까 쏴 봐. 증명해 보일 테니까."

"……!"

매옥산은 천왕침통을 작동하지 않았다.

얼음처럼 굳어져서 꼼짝도 하지 못했다.

앞서는 본능적으로 천왕침통을 꺼내 들었을 뿐이었다.

설무백과 당문의 관계를 익히 잘 아는 그녀로서는 섣불리 천왕침통을 사용할 수 없었다.

설무백은 그런 그녀를 향해 타이르듯 채근했다.

"괜찮아. 안심하고 그냥 쏴. 그래야 이후에 내가 해 주는 말이 거짓으로 들리지 않을 것 같아서 그래."

"……!"

매옥산이 잔뜩 긴장한 표정으로 마른침을 삼켰다.

예기치 않은 설무백의 행동에 놀라거나 당황한 것이 아니었다.

그런 면도 없지 않아 있지만, 그보다는 설무백의 기도가 삽시간에 바뀌었기 때문이다.

여태 그녀는 설무백을 그다지 높게 평가하지 않고 있었다.

그녀의 눈에 들어온 그의 기도가 지극히 평범한 까닭이었다.

그리고 그건 당연한 일이었다.

평소의 설무백은 늘 본연의 기도를 감추고 있었기 때문이다.

이미 오래전에 반박귀진의 경지를 넘어선 그에게 자신의 기도를 갈무리하는 일쯤은 손바닥을 뒤집는 것만큼이나 간단했는데, 지금 본색을 드러낸 것이다.

지금 그녀가 보는 설무백은 방금 전에 그녀가 판단한 그 사람이 아니었다.

그런 그의 존재감에 눌린 그녀는 눈동자 하나 제대로 움직일 수가 없는 상태로 말을 더듬었다.

"놔, 놔요! 다, 당신이 해 주는 말을 미, 믿어 보도록 노력할 테니까!"

설무백은 쓰게 입맛을 다셨다.

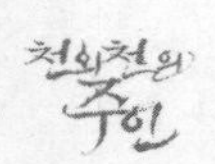

그녀의 변화가 눈에 보여서 더는 강요할 수 없었다.

그는 어쩔 수 없이 천왕침통을 잡았던 손을 거두었다.

매옥산이 새삼 마른침을 삼키며 설무백의 시선을 마주한 채로 천왕침통을 품에 갈무리했다.

설무백은 그런 그녀의 시선을 마주한 채로 특유의 미온한 미소를 지으며 말문을 열었다.

"얼마나 지난 일인지 정확히 기억나지 않지만, 얼추 장소는 기억이 나. 호남성 북부에 자리한 천자산(天子山)부근이었을 거야. 우연찮게 거길 지나다가 상처를 입은 채로 누군가에게 쫓기는 여자 하나를 발견했지. 아무리 봐도 상처가 심해 보여서 도우려는데, 나보자 먼저 나서는 사람이 있었어. 그래도 혹시 몰라서 잠시 지켜보다가 별 탈 없이 추적자들을 처리하는 것을 보고 자리를 떠났지."

사실을 말하자면 그게 아니었다.

지금 그는 전생에 자신이 했던 일을 말해 주고 있었다.

그랬다.

전생의 그는 치명상을 입은 채로 누군가에게 쫓기던 매옥산을 구해 준 적이 있었다.

매옥산을 쫓던 자가 누군지도 정확히 기억했다.

강서성 파양호(鄱陽湖)일대에서 암약하던 마적단의 수괴인 잔양혈도(殘陽血刀) 상우림(相祐琳)과 그 측근인 자들이었다.

설무백은 전생과 이생의 시간 변화를 따져서 전생에 자신이 구해 준 매옥산을 이생에서는 당문의 누군가가 구해 준 것으로 판단한 것이다.

"어때? 이제 오해가 풀렸나?"

전생과 이생의 전후사정을 따져서 꾸며 낸 이야기를 끝내고 확인하는 설무백의 속내는 그다지 좋지 않았다.

어쩌면 전생의 그가 접한 상황과 전혀 다른 상황이 벌어졌을 수도 있다는 생각이 들었기 때문이다.

그동안 그는 전생의 역사와 다르게 돌아가는 이생의 현실을 종종 목도하지 않았던가.

그런데 다행이었다.

이번의 경우는 다르지 않았다.

사람만 바뀌었을 뿐, 매옥산이 겪은 상황은 그가 아는 것과 일치했다.

매옥산이 한결 누그러진 태도로 말했다.

"천자산 부근이 아니라 천자산 기슭이었어요."

그리고 정중하게 공수하며 사과했다.

"오해해서 죄송합니다. 무례를 용서해 주세요."

이전투구泥田鬪狗

설무백은 대답 대신 예의 미온한 미소를 지으며 고개를 끄덕이는 것으로 매옥산의 무례를 용서했다.

그다음 당소취에게 시선을 돌리며 말없이 바라보았다.

당소취가 싱긋 웃으며 물었다.

"저도 사과를 해야 하는 건가요?"

설무백은 가만히 고개를 저으며 대답했다.

"사과는 하지 않아도 좋으니, 대신 그 사연을 좀 알고 싶군. 백옥수를 어떻게 익힌 거야?"

그랬다.

조금 전 당소취는 요미가 익힌 혈오수와 마찬가지로 천하십대권법의 하나이자, 천하십대강기의 하나로 꼽히는 백옥수를 운기 했었다.

매옥산과 요미 등의 팽팽한 대치 상황에서 탁자 아래로 내려져 있던 그녀의 두 손이 백옥처럼 반투명한 모습으로 변하는 것을 설무백은 예리하게 목격했던 것이다.

"……!"

시종일관 태연자약하던 당소취가 적잖게 당황한 기색을 드러냈다. 그리고 무심결인 듯 슬쩍 매옥산의 눈치를 보았다.

탁탁-!

설무백은 손바닥으로 가볍게 탁자를 두드리는 것으로 당소취의 시선을 자신에게 당겼다.

당소취가 시선을 바로하며 흠칫 놀랐다.

호랑이 눈처럼 무섭게 변한 눈빛이 그녀를 바라보고 있었다.

분노한 것이 아님에도 저절로 드러난 설무백의 위엄이 그녀를 압도하고 있었다.

"그, 그게, 그러니까……!"

당소취가 난처해진 표정으로 말을 더듬는 참인데, 매옥산이 끼어들며 대답을 가로챘다.

"접니다. 제가 작으나마 당문의 은혜에 보답코자 소취 아가씨에게 전해 준 겁니다."

설무백은 매옥산에게 시선을 주며 물었다.

"옥로진기(玉露眞氣)를 기반으로 하는 절기인 백옥수는 과거 색마로 악명을 떨치던 화수 채의의 독문절학이지. 그런 무공을

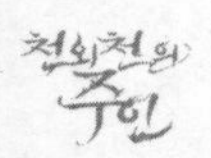

당신이 어떻게 익힐 수 있었던 거지?"

"……!"

매옥산이 뜨악해진 얼굴로 설무백을 바라보았다.

정말 별걸 다 알고 있다고 놀라는 눈빛이었다.

당연했다.

색마로 악명을 떨친 화수 채의는 강호 무림에서 단지 섭혼술의 귀재요, 미혼약의 대가로만 알려져 있었다.

자타가 공인하는 칠대 악인의 하나이면서도 무공은 고작 삼류를 겨우 벗어난 수준에 불과하다는 것이 그에 대한 세간의 평가인 것이다.

하지만 실제는 그렇지 않았다.

색마인 화수 채의의 무공은 능히 천하 백대 고수에 이름을 올릴 수 있을 정도의 초고수였다.

아는 사람만 아는, 그야말로 극소수의 사람들만 아는 사실이지만, 그가 바로 천하 십대 권법의 하나로 꼽히는 백옥수의 주인인 것이다.

"말하기 싫은 사연이면 그냥 넘어가도록 하지."

설무백의 진심이었다.

매옥산과 채의가 좋은 관계로 엮이지는 않았을 것이라고 생각하고 배려하는 것이었다.

매옥산이 싫지만 어쩔 수 없다는 듯 한숨을 내쉬며 말했다.

"그가, 채의가 내게 알려 준 거예요. 그렇지만 자세한 내막은 밝히기 싫군요."

설무백은 이왕지사 말이 나온 김에 확실하게 해 두고 싶어서 여전히 문가에 운집해 있는 풍잔의 요인들 중 한 사람, 융사에게 시선을 주며 물었다.

"사실인가?"

융사가 대답했다.

"사실입니다. 같이 지낸 시간은 그리 길지 않지만, 색마 채의의 유일한 연애로 알고 있습니다. 헤어진 것도 그가 아니라 그녀가 떠나서라고 들었습니다. 떠나면서 그의 손을 빌리지 않고 자신의 손으로 복수하기 위해서라는 쪽지를 남겼다고 하더군요. 다만 그는 그걸 믿지 않았죠. 그래서 더욱 간악하고 포악한 짓을 일삼다 파국을 맞이했는데, 이제 보니 그게 사실이었나 보네요."

매옥산이 두 눈을 크게 부릅뜨며 융사를 바라보았다.

"그, 그걸 아는 당신은 대, 대체 누구죠?"

융사는 대답하지 않고 설무백만 바라보고 있었다.

설무백은 그를 대신해서 사뭇 냉정하게 대답했다.

"자기 사정은 감추면서 남의 사정은 캐려고 드는 것은 무슨 경우야?"

"……."

매옥산이 입을 다물었다.

말문이 막힌 표정으로 설무백의 눈치를 보고 있었다.

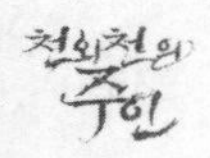

그러거나 말거나 설무백은 한마디 더했다.

"의심이 풀린 것에나 만족해."

진심이었다.

설무백은 방금 전까지 백옥수를 익힌 매옥산이 색마로 악명을 떨치던 화수 채의와 다른 쪽으로, 즉 안 좋은 쪽으로 연관이 있을지도 모른다고 의심했었던 것이다.

그때 소침해진 모습으로 입을 다무는 매옥산의 태도를 보고 기분이 상했는지 당소취가 시비조로 나섰다.

"백옥수 정도의 무공은 눈에 안 찬다는 듯이 행동하네요. 너무 가식인 거 아니에요?"

설무백은 대수롭지 않게 되물었다.

"너는 백옥수가 육혼망이라고 불리는 천왕침통보다 더 대단하다고 생각하는 거냐?"

당소취가 당황했다. 불의의 기습 같은 질문이었던 것이다.

"그, 그건 아니지만……!"

"그게 아니면?"

설무백은 태연하게 재우쳐 물었다.

"천왕침통도 대수롭지 않게 여기는 내 눈에 왜 백옥수가 차야 하는 건데?"

당소취가 대답을 하지 못하고 입술을 깨물었다.

괜히 나섰다가 되로 주고 말로 받은 격이었다.

엉겁결에 백옥수를 언급하며 시비를 걸었다가 천왕침통까

지 싸잡아서 무시당해 버린 것이다.

이럴 때는 별수 없었다.

다른 걸로 트집을 잡는 것이 상책이었다.

적어도 그녀는 그걸 모르지 않을 정도로 영민했다.

"근데, 날 언제 봤다고 반말이에요?"

통하지 않았다.

"너는 일개 심부름꾼이고, 나는 당사자다. 그리고 내가 너보다 나이가 많잖아?"

설무백은 안면몰수하고 잘라 말했다.

"까불지 말고 어서 가져온 물건이나 내놔."

천하의 사천당문에서 금지옥엽으로 자란 당소취가 언제 이런 괄시를 받아 보았을까?

맹세코 단 한 번도 받아 본 적이 없었다.

우습지 않게도 그래서 그녀는 설무백에게 매료되었다.

"여기요."

당소취는 재빨리 가져온 보따리를 탁자에 올려놓았다.

갑자기 돌변한 그녀의 태도에 설무백보다도 매옥산이 더 놀라서 절로 입이 딱 벌어져서 눈을 멀뚱거렸으나, 그녀는 아무렇지도 않게 헤헤 웃으며 설무백을 바라보고 있었다.

설무백은 애써 그런 그녀의 시선을 외면하며 보따리를 풀어 보았다.

과연 예상대로 보따리에는 한약재처럼 따로 포장되어 있는 작은 주머니들이 다수 들어 있었다.

하나같이 거무튀튀한 빛깔의 벽곡단이 담겨져 있는 주머니들이었다.

당소취가 친절하게 설명했다.

"그 정도면 대략 일 년은 거뜬할 거라고 했어요. 아직 재료가 다 도착하지 않아서 그 정도만 만들어서 먼저 보내는 거라는데, 조만간 더 만들어서 보낼 테니 걱정 말래요."

설무백은 무슨 병이 있는 것처럼 갑자기 호의적으로 돌변한 당소추의 태도가 못내 눈에 거슬렸으나, 그것을 탓할 수는 없었다.

"알았어. 돌아가거든 노야께 내가 정말 고마워한다고 전해 줘."

"예? 저는 안 갈 건데요?"

"응?"

"저는 안 가요. 잠시 여기 풍잔에 머물 거예요."

당소취의 말똥거리는 눈을 바라보며 설무백은 이제야 무언가 이게 아닌데 하는 마음이 들었다.

"왜?"

"그러라고 했어요, 할아버지가."

당소취가 방긋방긋 웃는 낯으로 말을 덧붙였다.

"벽곡단이 혹시나 부작용을 일으킬 수도 있데요. 그래서 저보고 잠시 지켜보라고 했어요."

설무백은 절로 이맛살을 찌푸려졌다.

아무리 봐도 진실로 들리지 않는 변명이었다.

분명 방금 전에 대략 일 년은 거뜬하고, 조만간 재료가 준비되면 더 만들어서 보낼 테니 걱정 말라는 얘기를 해 놓고, 이제 와서 갑자기 부작용 얘기는 앞뒤가 맞지 않았다.

'요게 설마……?'

설무백은 말똥거리는 당소취의 눈빛이 언제 어디선가 분명히 본 듯한 느낌이 들어서 마음에 걸렸다.

그 때문에 아무래도 내친김에 상황을 명확하게 정리하는 것이 좋겠다는 생각이 들었다.

그러나 그럴 여유가 없었다. 아니, 사라졌다.

문가에 운집해 있는 풍잔의 요인들을 헤집고 안으로 들어선 검매가, 바로 사문지현이 전해 준 전통 때문이었다.

"북평에서 온 전서예요. 붉은 전통이라 직접 확인하셔야 할 것 같아서……!"

그곳이 어느 곳이든 풍잔과 연결되어 있는 지역의 전서는 세 가지 색깔로 나눠져 있었다.

백색과 흑색, 붉은색이 바로 그것인데, 이는 내용의 경중을 따지는 것으로, 백색은 상시의 내용이고, 흑색은 지급, 그리고 붉은색은 대지급을 의미했다.

설무백은 재빨리 전통의 내용을 확인해 보았다.

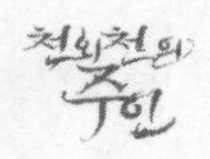

—서두러 오시길! 왕인 배상!

이유가 적히지 않은 부름이었다.

그래서 더욱 다급함이 느껴지는 내용이기도 했다.

게다가 이상한 것은 다른 누구도 아닌 왕인의 연락이라는 사실이었다.

평시 북평에서 오는 연락은 이제는 황제 직속으로 변한 동창에서 주관하고 있었다.

그리고 왕인은 동창이 아니라 군부 소속이었다.

'뭐지?'

가없는 의문이 꼬리에 꼬리를 물었다.

누구라도 만사 제쳐 두고 서두를 수밖에 없는 상황이었다.

"그래, 그럼 그렇게 해야지. 제갈명, 알아서 거처를 마련해 주도록 해. 나는 잠시 북평에 좀 다녀와야겠다."

설무백은 서둘러 장내를 정리했다.

그리고 소수의 인원만을 대동한 채 즉시 북평으로 출발했다.

방문할 때마다 늘 드는 생각이지만, 북평은 사람이 살기 좋은 땅이 아니었다.

사계절이라는 말이 무색하게 사람이 살기 좋은 봄과 가을은

짧고, 무더운 여름과 한파가 몰아치는 겨울은 지나치게 길어서 사람이 견디기 어려운 환경인 것이다.

난주에서 사흘 만에 도착한 날의 북경도 그랬다.

장마철도 아닌 가을의 문턱인데 주룩주룩 내리는 폭우가 천지를 뒤덮고 있었다.

덕분에 늘 대기를 희뿌옇게 물들이던 모래먼지는 가라앉았으나, 이른 삭풍에 대지가 얼어붙을 정도로 싸늘한 날씨였다.

"이런 곳이 뭐가 좋다고……!"

성내로 들어선 설무백은 희뿌연 우막(雨幕) 사이로 사람들이 분주히 뛰어가며 진흙탕을 튀기고, 혹은 길가로 고개를 내민 처마 아래로 들어가서 비를 피하고 있는 모습을 구경하며 터벅터벅 대로를 걷고 있었다.

방립을 쓰고 우장(雨裝)을 걸친 채 철면신의 뒤에서 공야무륵과 함께 그의 곁을 따르고 있던 예충이 설무백의 투덜거림을 듣고 고개를 갸웃거리며 물었다.

"누가요?"

설무백은 쓰게 입맛을 다시며 대답했다.

"누구긴 누구야, 그 잘난 형님을 말하는 거지."

"잘난 형님이라면……?"

예충이 무심결에 설무백의 말을 되뇌다가 화들짝 놀라며 말을 더듬었다.

"화, 황제 폐하요?"

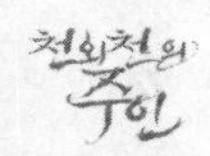

설무백은 슬쩍 삐딱하게 예충을 보았다.

"뭘 그리 놀라?"

예충이 어이없어했다.

"세상천지에 황제를 그렇게 말하는 사람은 주군밖에 없을 겁니다."

그는 보란 듯이 목소리를 낮추며 주변을 두리번거렸다.

"조심하세요. 여기 황제가 사는 경사예요."

설무백은 실소했다.

"역시 옛날 사람이라 고지식해. 가진 것 없는 백성들조차 없는 자리에서는 황제도 욕한다고 하는데, 무림인인 주제에 뭘 그런 걸 다 따지고 그래?"

예충이 뒷머리를 긁적이며 실없이 웃었다.

"그러게요. 듣고 보니 그러네요. 허허……!"

그때 그들의 곁으로 방립을 쓰고 우장을 걸친 두 사람이 다가왔다.

앞선 한 사람과 그 뒤를 따르는 한 사람이었다.

설무백은 대번에 그들을 알아보았다.

"뭐야? 어떻게 알고 두 사람이 같이 오는 거야?"

앞서 다가온 사람은 한쪽 다리를 철봉으로 대신한 애꾸눈의 노인인 철각사였고, 그 뒤를 따라오던 사람은 삐쭉삐쭉 솟아난 고슴도치 수염이 어울리는 장한인 왕인이었다.

다만 그들은 같이 온 일행이 아니었다.

그들은 서로가 서로를 크게 오해하고 있었다.
철각사가 왕인을 돌아보며 쓰게 입맛을 다셨다.
"날 따라온 게 아니었네?"
왕인이 철각사를 쳐다보며 멋쩍은 미소를 흘렸다.
"소주를 노리는 자객이 아니었네?"
설무백은 특유의 미온한 미소를 지으며 왕인과 철각사를 번갈아 보았다.
내막을 묻는 것이다.
왕인이 멋쩍게 웃으며 대답했다.
"지나오신 성문교위(城門校尉)가 제 밑에 있던 애입니다. 그 녀석 전갈을 듣고 소주를 마중 나오다가 웬 범상치 않은 야인이 저와 가는 길이 겹치기에 수상해서 혹시나 하고 조용히 따랐지요. 근데, 소주의 식구라니, 세상 뛰어난 사람은 다 소주의 식구네요. 하하……!"
만족할 만한 대답이 아니었다.
왕인이 혼자 마중 나왔다는 사실은 선뜻 납득하기 어려운 일이었다.
아예 마중을 나오지 않았다면 몰라도.
마중을 나왔다면 함께 나온 사람들이 있어야 정상이었다.
이건 정말로 동창이 아니라 왕인이 대지급을 보낸 이유가 따로 있다는 방증일 것이다.
설무백은 내심 그런 생각으로 더는 묻지 않고 철각사에게 시

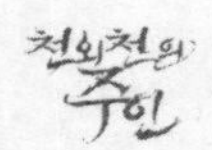

선을 돌렸다.

철각사도 눈치가 없지 않아서 왕인처럼 묻기 전에 먼저 말했다.

"방 총수가 시간을 내주었소. 어떻게 알았는지는 몰라도, 대당가가 북경에 온다는 사실을 알고 있었습디다."

설무백은 미심쩍은 표정으로 철각사를 바라보았다.

철각사의 대답도 왕인의 경우처럼 석연치 않았다.

그가 북경에 온다는 사실을 철각사에게 알려 주며 가 보라고 시간을 내준 방양의 태도가 단순한 선의로 느껴지지 않은 것이다. 무언가 그만한 이유가 있다는 기분이었다.

그가 아는 방양은 그런 사람이었다.

가벼운 행동 하나에도 나름의 뜻이 있는 타고난 지략가였다.

'녀석은 왕인이 내게 대지급을 보내고 여기 이렇게 혼자 나선 이유를 이미 알고 있다는 건가?'

설무백의 상념은 거기서 멈추었다.

하늘이 그의 상념을 거기서 멈추게 만들었다.

우르릉-!

저 멀리 잿빛 하늘 속에서 우렛소리가 들려왔다.

뒤를 이어 장대비가 쏟아지는 대지에 푸른 섬광이 명멸했다.

설무백은 상념에서 벗어나서 주변을 둘러보았다.

대낮임에도 하늘은 점점 더 어두워져 가고, 빗줄기는 점점

거세게 변하고 있었다.

아무리 봐도 금방 그칠 비가 아니었다.

설무백은 대지급이라는 전서의 내용을 상기하며 왕인을 바라보았다.

그러나 왕인이 그의 시선을 외면하며 지근거리에 자리한 객잔으로 고개를 돌렸다.

"잠시 비 좀 피하죠?"

설무백은 슬쩍 왕인의 어깨를 잡았다.

무심결에 힘이 들어간 까닭인지, 왕인이 흠칫 놀라며 바라보았다.

설무백은 전에 없이 냉정해진 태도로 물었다.

"혹시 말로만 듣던 토사구팽(兎死狗烹) 따위 같은 건 아니지?"

아버지 설인보 장군을 염두에 두고 묻는 말이었다.

불현듯 설인보 장군의 입장이 떠올라서 그런 우려가 뇌리를 스쳤던 것이다.

왕인이 어색하게 웃으며 대답했다.

"저도 그게 아니길 바랍니다. 그래서 그걸 논의해 보려고 급히 소주를 부른 겁니다."

설무백은 아직 확신을 가지고 있지 않은 왕인의 태도로 말미암아 어느 정도 돌아가는 사태를 짐작하며 고개를 끄덕였다.

"그래, 일단 들어 보자고."

왕인이 기꺼운 표정으로 재빨리 앞서 나가며 지근거리의 객

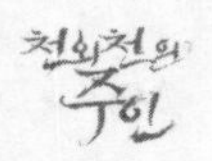

잔으로 향했다.

설무백은 묵묵히 그 뒤를 따라갔다.

객잔의 이름은 청연(淸宴)이었고, 장대비가 쏟아지는 우중충한 날씨 때문인지 객청은 적지 않은 손님으로 북적거렸다.

"별실은 없나?"

"별실은 아닙니다만, 이 층은 자리마다 구획되어 있어서 술이든 음식이든 편히 즐기실 수 있을 겁니다. 이쪽으로!"

수건을 목에 걸친 싹싹한 점소이가 대번에 왕인의 의중을 읽은 것처럼 이 층으로 안내했다.

점소이의 말대로 이 층은 비교적 한산했다.

창가를 따라 예닐곱 개의 탁자가 놓여 있었는데, 어깨 높이의 칸막이로 자리가 구획되어 있고, 자리를 차지하고 있는 손님도 세 군데밖에 없었다.

설무백 등은 다른 손님들과 조금 떨어진 구석 창가에 있는 두 개의 자리를 잡았다.

왕인이 두 개의 자리를 잡은 이유를 모르겠다는 표정으로 설무백을 바라보다가 이내 납득하며 고개를 끄덕였다.

설무백과 공야무륵, 철각사가 한 자리를 잡고 철면신이 당연하다는 듯이 그들의 뒤에 시립하는 순간과 동시에 귀신처럼 홀연히 모습을 드러낸 네 사람이 다른 자리를 차지하고 있었다.

요미와 흑영, 백영, 그리고 어울리지 않게 시뻘건 적의(赤衣)를 포대처럼 헐렁하게 걸친 노인은 바로 혈뇌사야였다.

원래는 혈뇌사야가 나설 일이 없었는데, 어떻게 알았는지는 몰라도, 뜬금없이 경사 구경을 좀 하고 싶다는 핑계로 극구 설무백을 따라나섰다.

설무백이 웃는 낯으로 말했다.

"서두르느라 다들 아직 아침 식사도 못했어."

"아, 예……."

왕인이 정말이지 유령처럼 홀연하게 나타난 그들, 네 사람의 신위에 놀라고 있다가 엉겁결에 대답하며 자리를 앉았다.

주문을 받기 위해서 옆에 서 있던 점소이는 아주 넋이 나간 사람처럼 새파랗게 질린 얼굴이었으나, 눈치 빠르게 내색을 하지 않으려고 애쓰는 모습이었다.

"무, 무엇을 드릴까요?"

"술과 간단한 음식. 술은 가볍게 마실 수 있는 여아홍이 좋겠고, 음식은 여기 숙수가 잘하는 요리로 서너 개만 내와. 저쪽도 같은 걸로 하고."

"아, 예. 잠시만 기다리십시오!"

점소이가 주문을 받고 후다닥 사라지자, 왕인이 은근슬쩍 다른 자리에 앉은 사람들을 둘러보며 목소리를 낮추어서 넌지시 물었다.

"아무래도 내치는 것이……?"

"괜찮아."

설무백은 손을 저으며 피식 웃는 낯으로 부연했다.

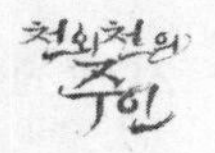

"왕 아재가 죽을힘을 다해서 고함을 질러도 저들의 귀에는 들어가지 않을 테니까."

설무백이 내공을 발휘해서 그들의 공간과 다른 사람들의 공간을 차단하고 있다는 뜻이었다.

왕인이 그제야 안색을 풀며 거두절미하고 바로 본론을 꺼냈다.

"원채 돌려 말하는 것을 싫어하시니, 제가 아는 바 그대로 말씀드리지요. 황제 폐하께서 북경으로 천도한 이후, 내각을 새롭게 구성하셨지요. 그때 내각에 등용한 인재 중에 엄자성(儼自成)라는 자가 있습니다."

"엄……자성……?"

"예, 엄 씨입니다. 바로 정정보, 정 태감이 모함하여 내친 정적인 내각수보 엄정의 손자지요."

"아……!"

"아직 나이 약관에 불과하지만 총명하기도 하고, 가문의 후광도 있어서 호부시랑(戶部侍郎)의 자리를 꿰차고 황제 폐하의 총애를 받고 있는 신진 관료들의 수장 노릇을 하고 있습니다."

"그런데 그 친구가 무슨 문제라는 거야?"

"얼마 전부터 그치를 축으로 하는 신인 관료들로 인해서 황궁의 분위기가 대폭 바뀌어 가고 있습니다."

설무백은 고개를 끄덕이며 말을 받았다.

"나쁜 쪽으로 말이지?"

왕인이 멋쩍게 웃으며 고개를 저었다.

"그건 잘 모르겠습니다. 저는 그게 나쁜 건지 단정할 수 없고, 장군님께서는 침묵으로 일관하시는 까닭에 알 도리가 없습니다."

"그런데 와중에 왕 아재가 볼 때도 문제가 있어 보이는 사건이 벌어졌다 이거네?"

"예!"

왕인이 단정하듯 대답하며 부연했다.

"엄자성을 축으로 하는 신인 관료들의 주청으로 말마임아 황제 폐하께서 젊은 장수들을 대거 동창으로 영입했고, 황궁 무고와 황궁 서고를 열어서 동창의 무력을 강화했습니다. 이건 여담이고, 지극히 개인적인 소견입니다만, 소주께서 황제의 곁으로 보낸 천군이 대내무반의 무력을 휘어잡고 있는 것에 대한 경계가 아닌가 합니다."

"그건 너무 비약하는 거 아닌가?"

"처음에는 저도 그렇게 생각했는데, 요즘 돌아가는 것을 보면 선뜻 납득하기 어려운 부분이 적지 않습니다."

"이를 테면?"

"일일이 다 따질 필요도 없이, 무엇보다도 엄자성 등의 주청으로 말미암아 동창과 군부의 경계가 확실하게 갈렸습니다."

설무백은 이 말을 듣는 순간 대번에 왕인의 속내를 읽을 수 있었다.

"지금 그치가 군부의 실권자인 아버님을 배척하고 있다고 보는 거야?"

왕인이 단호하게 인정했다.

"배척까지는 아닌지 몰라도, 장군님을 황제 폐하의 곁에서 떼어 놓으려 애쓰고 있다는 건 확실해 보입니다."

설무백은 속을 모르게 웃는 낯으로 가만히 고개를 끄덕이며 다음 얘기를 채근했다.

"그리고 또?"

왕인이 기다렸다는 듯이 새로운 얘기를 꺼냈다.

"최근 동창이 황제 폐하의 친위대인 금의위가 가졌던 거의 모든 권한을 이양 받았습니다. 동창이 금의위를 예하에 거느리고 무소불위의 권력을 휘두르게 된 겁니다. 이는 천군을 도찰원(都察院)의 예하에 편입시키는 것으로 군부와 거리를 두게 한 것과 맞물려서 군부의 위상을 깎아 내리는 조치라고 저는 감히 생각하고 있습니다."

설무백은 예리하게 말꼬리를 잡았다.

"그런데 그게 다가 아니라 뭐가 더 있는 것 같다는 거지 지금?"

왕인이 다부지게 고개를 끄덕이며 대답했다.

"최근에 엄자성이 강호 무림의 무리와 어울린다는 소문이 있어서……!"

설무백은 씩 웃고 슬쩍 손을 들어서 말을 끊으며 타박했다.

“왕 아재, 솔직하게 잘 나가다가 왜 그래? 있는 그대로의 사실만, 응?”

왕인이 찔끔한 표정으로 재빨리 말을 바꾸었다.

“……는 아니고, 그냥 수상해서 제가 뒤를 캐 봤는데, 뜻밖에 월척이 걸려들었습니다.”

설무백은 왠지 모르게 싸한 기분이 드는 것을 느끼며 말꼬리를 잡았다.

“어떤 월척?”

왕인이 의미심장한 미소를 지으며 대답했다.

“쾌활림의 사도진악이요.”

“사도진악……?”

설무백은 이번에야말로 눈이 커질 정도로 관심을 보이며 헛웃음을 흘렸다.

“대체 여기서 사도진악의 이름이 왜 나오는 건데?”

왕인이 분명히 관심을 보일 줄 알았다는 듯 히죽 웃으며 대답했다.

“그야 낸들 아나요.”

“확실한 거지?”

“그건 장담합니다. 자세한 내막은 모르겠지만, 남몰래 궁성을 빠져나간 엄자성이 은밀하게 누굴 만다더군요. 비밀리에 그자의 뒤를 캐 보니 사도진악의 수하였습니다.”

설무백은 실망한 표정을 지었다.

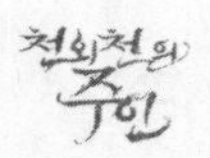

"고작 그거……?"

"고작 그거일 리가 있나요."

왕인이 고개를 저으며 새삼 목소리를 낮추어서 실로 설무백이 예상치 못한 사실을 밝혔다.

"엄자성이 황제 폐하와 사도진악의 만남을 주선했습니다."

설무백은 본의 아니게 안색이 변해서 물었다.

"언제?"

왕인이 자못 음충맞게 웃으며 대답했다.

"아주 적시에 오신 겁니다. 바로 오늘 저녁이거든요."

설무백은 이제야 왕인이 혼자 마중을 나온 것도, 우장까지 갖추고도 비를 피하자며 객잔으로 이끈 이유도 알 수 있었다.

왕인은 그가 북경에 오면 당연히 연왕을 만나기 위해서 황궁을 방문할 것으로 알고 사전에 막으려 했던 것이다.

그 때문이었다.

설무백은 묻지 않을 수 없었다.

"폐하를 의심하고 있는 거지, 왕 아재?"

"예!"

왕인은 부정하지 않고 즉시 인정하며 덧붙여 강변했다.

"제아무리 짱짱한 배경을 가진 가문의 자제라고 해도, 일개 젊은 관료의 말 몇 마디에 놀아나서 군부와 거리를 두십니다! 작금의 군부를 대변하는 분은 엄연히 장군님인 이상, 이건 필시 장군님을 내치시는 것으로밖에 볼 수 없습니다, 저는!"

그리고 재우쳐 물었다.

"제 판단이 틀린 겁니까?"

설무백은 피식 웃으며 반문했다.

"그러니까, 상황이 이런데도 아버님은 침묵하고만 계시니, 나보고 판단해 달라 이거지?"

왕인이 벌떡 자리에서 일어나서는 더 없이 정중하게 공수했다.

"부탁드립니다, 소주!"

"다 내 일인데, 부탁은 무슨……!"

설무백은 대수롭지 않게 웃는 낯으로 대꾸하며 왕인을 향해 앉으라는 시늉을 했다.

"우선 밥부터 먹자."

마침 그들이 주문한 술과 음식들이 점소이들의 손에 들려서 이 층으로 올라오고 있었다.

왕인은 그제야 방금 설무백이 자신의 부탁을 수락했다는 것을 인지하며 활짝 웃는 낯으로 자리에 앉았다.

"옙!"

즐거운 시간은 빠르게 흐르는 법이다.

해묵은 과거 얘기로 수다를 떨며 식사를 하고, 술잔을 돌리다보니, 한두 시진이 후딱 지나갔다.

설무백은 어느 한순간 술잔을 들며 말했다.

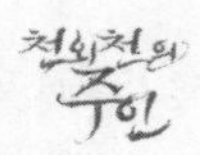

"막 잔."

왕인이 자신의 술잔을 들어서 건배했다.

설무백은 술잔의 술을 단번에 목에 털어 넣고 술잔을 내려놓으며 슬쩍 한마디 흘렸다.

"같이 가면 안 되는 거 알지?"

"암요."

왕인이 여부가 있겠냐는 듯 웃는 표정으로 고개를 끄덕이고는 이내 안색을 굳히며 말했다.

"황성(皇城)의 북동쪽에 두 개의 사찰이 있습니다. 하나는 소위 백탑사(白塔寺)라 불리는 묘응사(妙応寺)이고, 다른 하나는 금불사(金佛寺)라 불리는 신흥 사찰(寺刹)이지요. 규모는 비슷하지만, 위상은 하늘과 땅 차이인 사찰들인데, 백탑사가 북경에 사는 서민들이 드나드는 곳이라면 금불사는 왕족이나 고관대작의 가족들만 드나들 수 있는 곳이라 그렇습니다. 그런데 오늘 저녁 금불사가 불자들을 받지 않습니다."

오늘 황제가 엄자성의 주선으로 사도진악과 만나는 장소를 알려 주는 것이다.

설무백은 가만히 고개를 끄덕였다.

왕인이 다시 말했다.

"동창과 도찰원으로 예속된 천군의 고수들은 물론, 다수의 금의위의 위사들이 전하를 호위할 겁니다. 게다가 금의위 위장은 전 금군대교두 공손벽입니다. 최근에 폐하께서 사면하고 중랑장(中郎將)으로 중용했지요."

"대내무반의 최고수라는 그 사람?"

"예, 그렇습니다. 관복을 벗고 생활하던 잠시 동안에 대소 백여 번의 자객들을 맨손으로 격퇴해서 무적초자(無敵超子)라는 별호를 얻은 절대 강자입니다. 외람된 말씀일지 모르겠으나……!"

"외람되면 말하지 마."

설무백은 피식 웃는 낯으로 말을 자르며 짧게 부연했다.

"내가 금의위의 중랑장과 싸울 지경이 되면 이미 뒤를 생각할 수 없을 정도로 다 틀어진 거니까, 그게 무엇이든 따지고 말고 할 것도 없는 거잖아."

왕인이 계면쩍게 웃으며 인정했다.

"과연 그러네요."

설무백은 가만히 따라 웃으며 물었다.

"그거 말고 더 해 줄 말은 없고?"

있었다.

왕인이 한층 더 굳은 안색으로 목소리를 낮추어서 말했다.

"아직 확인된 바는 아니나, 금불사의 후원 깊숙한 곳에 대규모 비밀 공간이 조성되어 있고, 그곳이 바로 폐하께서 비밀리에 꾸미신 동창의 본거지라는 얘기가 있습니다."

"어디서 나온 얘기인데?"

"대내무반의 식구들 사이에서 도는 얘기입니다. 특히 동창에게 졸지에 친위대 자리를 빼앗긴 금의위에서 그런 얘기가

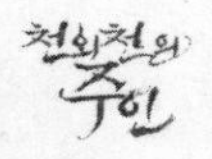

돈다고 하네요."

"그럼 신빙성이 아주 없는 얘기는 아니겠네."

설무백은 알았다는 듯 고개를 끄덕이며 빙긋 웃는 낯으로 재우쳐 말했다.

"알았어. 주의하도록 할게."

왕인이 그제야 만족한 표정으로 자리를 털고 일어나서 새삼 더 없이 정중하게 공수했다.

"저는 그럼 이만……!"

설무백은 자리를 떠나는 왕인을 잠시 물끄러미 바라보고 있다가 한순간 불쑥 말했다.

"잡아 와."

일순, 누구는 어리둥절하고, 누구는 당황했다.

와중에 혈뇌사야가 붉은 안개로 흩어지고, 앉은 자세 그대로 떠오른 요미가 창문을 박살 내며 밖으로 쏘아졌다.

설무백은 그사이 반사적으로 손을 내밀어서 그들과 거의 동시에 반응한 철면신의 어깨를 잡아챘다.

"넌 됐고!"

철면신이 거짓말처럼 진정하며 본래의 자리인 설무백의 뒤에 시립했다.

철각사가 그 모습을 보다가 설무백과 시선이 마주치자 멋쩍은 미소를 흘리며 말했다.

"본인은 경신술이 아주 젬병이라……!"

붉은 안개로 흩어졌던 혈뇌사야가 그 순간에 다시 사람의 모습으로 돌아와서 자리에 앉았다.

"내가 안 나서도 되겠네."

혼잣말을 중얼거린 혈뇌사야가 아무렇지도 않게 수저를 들고는 앞서 먹던 요리를 다시금 맛나게 먹기 시작했다.

"맛있어. 특히 무슨 고기를 우려 낸 육수(肉水)인지는 몰라도 이 국수는 정말 일품이군."

혼자 딴 세상에 있는 사람 같았다.

반면에 그와 달리 급작스럽고 급박하게 돌아가는 장내의 상황과 무관하게 머쓱한 모습으로 앉아 있던 두 사람, 흑영과 백영이 붉어진 안색으로 설무백을 향해 고개를 숙였다.

"죄송합니다."

설무백의 갑작스러운 명령을 듣고 어리둥절한 기색을 보이던 것이 그들, 두 사람이었다.

무안하기 짝이 없게도 그들은 창문을 뚫고 튀어나가는 요미의 행동을 보고서야 상황을 파악했기 때문이다.

그러다가 그들은 이매 묘하다는 눈빛으로 공야무륵을 바라보았다.

자신들은 그렇다 치고, 공야무륵이 나서지 않은 것은 정말 이해할 수 없다는 표정이었다.

공야무륵은 자신들보다 한 단계 윗길에 있는 고수라고 인정하고 있어 그럴 수밖에 없었다.

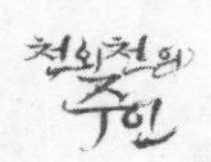

공야무륵이 그런 그들의 시선을 의식한 듯 무뚝뚝하게 말했다.

"내 자리는 주군의 곁이다."

흑영과 백영이 그제야 알겠다는 표정으로 고개를 끄덕였다.

그 모습을 본 공야무륵이 당연한 것 아니냐는 듯 어깨를 으쓱거렸다.

설무백은 그런 공야무륵을 보며 내심 고소를 금치 못했다.

조금 전 흑영과 백영이 어리둥절해하고 있을 때, 당황해서 어쩔 줄 모르던 공야무륵의 모습이 떠올라서였다.

공야무륵은 나서야 할지, 말아야 할지 갈등하느라 늦어 버리자 실로 안절부절못할 정도로 당황했었던 것이다.

'이젠 명령도 가려서 해야지 그냥 막하면 안 되겠는 걸?'

따지고 보면 즐거운 사태이고, 행복한 고민이었다.

동료들의 능력이 전반적으로 과거에 비할 바 없이 높아진 까닭에 벌어진 상황이었기 때문이다.

설무백이 잠시 그런 생각으로 피식 웃는 사이, 주변에 자리했던 대여섯 명의 손님들이 너도나도 그들의 눈치를 살피며 우르르 아래층으로 내려갔다.

졸지에 험악해진 분위기에 겁을 집어먹고 서둘러 자리를 피하려는 것이었다.

그때 부서진 창문을 통해서 시커먼 물체 하나가 날아들었다.

바닥에 철퍼덕 떨어진 그 시커먼 물체는 바로 사지가 뻣뻣하게 굳어서 눈만 끔뻑이는 흑의사내였다.

바로 조금 전 고도의 은신법으로 숨어서 그들을 살피다가 설무백에게 들킨 자가 요미의 손에 마혈을 점혈당한 것이다.

그 뒤를 따라서 요미가 귀신처럼 홀연한 모습으로 창가에 나타나고 있었다.

"재미있는 놈이야. 중도 아닌 것이 소림나한공(少林羅漢功)을 기반으로 하는 나한십팔수(羅漢十八手)를 쓰고 자빠지던 걸?"

"그럼 의심의 여지도 없이 동창이겠네."

설무백은 대수롭지 않게 중얼거리고는 바닥에 쓰러져 있는 흑의사내의 머리맡에 쪼그리고 앉았다.

흑의사내의 얼굴을 내려다보며 빙그레 웃어 보인 그는 슬쩍 손가락을 튕겨서 아혈을 풀어 주며 물었다.

"맞지?"

"그, 그렇소."

흑의사내가 주눅이 들어서 엉겁결에 대답하고는 이내 이게 아니다 싶었는지 발끈하며 언성을 높였다.

"본인은 동창의 장반 노용(盧用)이오! 어서 당장 마혈을 푸시오! 본인을 핍박하는 것은 황제 폐하를 핍박하는 것과 같소!"

설무백은 특유의 미온한 웃음을 흘리며 물었다.

"누가 보냈어?"

흑의사내, 동창의 장반 노용이 예기치 못한 질문에 말문이 막힌 표정으로 설무백을 바라보았다.

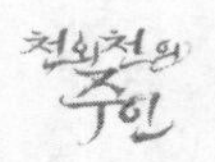

설무백은 손가락 하나를 뻗어서 노용의 이마에 대고 건조한 미소를 보이며 다시 물었다.

"이번에도 대답하지 않으면 그냥 죽는 거다? 누가 보냈어?"

노용이 힘겨운 목소리로 대답했다.

"손(孫) 첩형의 지시였소."

"손 첩형?"

설무백은 절로 이맛살을 찌푸리며 물었다.

"걔가 누군데?"

노용이 대답했다.

"손척(孫脊), 동창의 외람첩형이오."

설무백은 황당했다.

"동창의 외람첩형은 곽승이었잖아? 잘린 거야, 곽승이?"

노용이 한숨을 내쉬며 설명했다.

"곽승이 잘린 게 아니라, 그도 외람첩형이고, 손척도 외람첩형이오. 폐하께서 천도와 함께 새롭게 개편한 동창의 편제는 두 명의 내람첩형과 두 명의 외람첩형이 존재하오."

설무백은 머쓱하게 턱을 주억거렸다.

"규모가 커져서 관리자를 늘렸다는 얘기로군."

그는 재우쳐 물었다.

"그럼 예하의 요원들도 다 그리 늘어난 건가?"

노용이 그렇다고 대답했다.

"장형천호와 이형백호도 각기 일급과 이급으로 나누어진 두 사람씩이고, 그 아래 소위 당두로 불리는 역장들의 경우는 일급에서부터 이급과 삼급까지 나뉘어졌소."

설무백은 이제야 알겠다는 듯 고개를 끄덕이다가 불쑥 물었다.

"그럼 패검이룡 종리매는 일급 장형천호가 된 건가?"

"그렇소."

"이급 장형천호는 누구고, 이급 이형백호는 누구야?"

"전 광록대부(光祿大夫) 관승(關勝)과 북진무사를 지휘하던 위장 진충(陳忠)이오."

광록대부는 황궁에서 황제의 고문과 응대 등을 맡는 관직으로, 일종의 고문관이다.

다만 조정에서는 종이품의 높은 벼슬로 책정되어 있으나, 실권이 없는 명예직이었는데, 실권을 가지게 된 것이다.

그런 면에서 진충이라는 자는 승진한 경우였다.

북진무사는 금의위 예하에서 전문적으로 조옥(詔獄 : 칙명에 의해 죄수를 다스리는 일)을 주관하는 기관이기 때문이다.

"어쨌거나, 다들 최근에 증강된 전력들이네?"

"그, 그렇소."

"그럼 뭐야? 동창의 신흥 세력과 기존의 세력이 반목해서 내분을 일으키고 있다는 건가?"

"……."

노용이 선뜻 대답을 하지 못하고 눈동자를 굴리며 머뭇거렸다.

설무백은 끌끌 혀를 차고는 그런 노용의 귓바퀴를 잡아서 가차 없이 이리저리 비틀었다.

"내가 바로 대답 안 하면 죽는다고 했지?"

"아으으……!"

마혈이 점해졌다고 고통은 느낄 수 없는 것은 아니었다.

절로 신음을 흘린 노용이 다급하게 대답했다.

"그, 그렇소! 맞소! 동창의 내부에 알력이 있는 게 사실이오!"

설무백은 그제야 잡아당기던 노용의 귓바퀴를 놓아주며 물었다.

"폐하는 그 사실을 알고 있나?"

"그것까지는 내가…… 아으으……!"

설무백은 다시금 사정없이 노용의 귓바퀴를 잡아서 이리저리 당기고 흔들며 다그쳤다.

"모르면 추론이라도 해 봐!"

노용이 다급히 유추했다.

"아으……! 아, 아주 모르지는 않으실 거요! 어느 정도는 아실 거라고 생각하오!"

"그래?"

설무백은 새삼 이맛살을 찌푸렸다.

이걸 어떻게 해석하는 것이 좋을지 선뜻 답이 나오지 않았다.

"그렇단 말이지……?"

잠시나마 깊게 고민해 봐도 이렇다 할 답이 나오지 않자, 그는 절로 한숨을 내쉬며 탄식했다.

"이거 잘하면 막강한 적이 하나 늘어날 수도 있는데?"

철각사가 물었다.

"설마 막강하다는 그 적이 황궁?"

설무백은 멋쩍은 표정으로 어깨를 으쓱했다.

"아마도요."

철각사가 적잖게 놀란 표정이 되었다.

그러나 먼저 나선 것은 중원 요리는 정말 일품이라며 남은 음식을 끝까지 먹고 있던 혈뇌사야였다.

"의형이라고 하지 않았나요?"

설무백은 무심하게 대답했다.

"의형이라도 가는 길이 달라졌으면 헤어지는 것이 도리죠."

혈뇌사야가 당연하다는 표정으로 동조했다.

"옳으신 말씀!"

철각사가 걱정스럽게 넌지시 조언했다.

"우선 제대로 확인부터 하는 게 좋겠소. 작금의 상황에서 황궁까지 척을 지면 정말이지 어려운 싸움이오."

설무백이 피식 웃었다.

"그래도 반대는 안 하시네?"

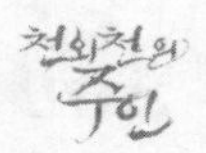

철각사가 어쩔 수 없는 거 아니냐는 표정으로 어깨를 으쓱했다.

"이미 풍잔이라는 배에 올라 탄 몸이 아니오."

그때 공야무륵이 어느새 뽑아 든 도끼 하나를 높이 치며들며 노용의 곁으로 다가섰다.

"그럼 일단 얘부터 처리해야겠죠?"

혈뇌사야가 기꺼워했다.

"성격 한번 시원시원해서 좋구먼!"

철각사가 서둘러 나서서 공야무륵을 제지했다.

"확인, 확인! 죽이는 건 언제든지 죽일 수 있는 거 아닌가!"

공야무륵이 철각사의 말을 들을 리 없었다.

떨떠름한 표정으로 변해 버린 그의 시선이 설무백에게 돌아갔다.

철각사의 제지와 상관없이 설무백의 허락을 구하는 것이다.

설무백은 슬쩍 공야무륵의 시선을 외면하고 두려움에 젖은 눈빛을 끔뻑이는 노용을 내려다보며 물었다.

"오늘 하루 죽은 듯이 그림자처럼 따라다니겠다고 맹세하면 살려 주지. 그럴 수 있지?"

노용으로서는 선택의 여지가 없는 강요였다.

지금 그의 눈에는 설무백의 요구를 거부하라는 듯한 공야무륵의 삭막한 얼굴과 그 손에 들린 시퍼런 서슬의 도끼가 보였기 때문이다.

"알겠소! 틀림없이 그리하겠소!"

왕인의 말대로 황성의 북동쪽에는 두 개의 사찰이 있었다.

작은 능선과 낮은 골짜기를 사이에 두고 좌측은 전각군 사이로 하얗고 높은 탑 하나가 삐죽이 솟은 백탑사였고, 우측은 최근에 축조한 신흥 사찰답게 반듯한 담장과 영내의 사방에 밝혀둔 횃불로 인해 금빛으로 물든 기와지붕이 넘실거리는 금불사였다.

"다들 여기서 대기해. 너도!"

두 사찰의 사이에 자리한 작은 능선의 정상이었다.

설무백은 왕인의 말에 신빙성을 더하듯 불자는 받지 않으면서 영내는 대낮처럼 밝게 횃불을 밝혀 둔 금불사의 모습을 주시하며 말하고 있었다.

능선을 지키던 대여섯 명의 매복은 이미 처리해 버린 다음이었고, 말미의 강조는 당연하게도 철면신에게 향한 것이었다.

그런데 무색하게도 철면신이 항변하듯 대꾸했다.

"나는 안다, 한 번만 얘기해도."

설무백이 멋쩍은 미소를 흘리는 참인데, 역시나 우려대로 항명하는 사람이 있었다.

그것도 둘이었다.

요미와 혈뇌사야였다.

"난 이런 건 백번 애기해도 몰라. 그냥 따라갈래."

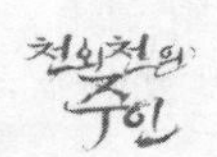

요미가 설무백의 시선을 외면하고 딴청을 부리며 말하자, 혈뇌사야가 말꼬리를 잡으며 고집을 부렸다.

"호굴입니다. 주군을 혼자 보낼 수는 없습니다. 여태 이랬던 것이라면 앞으로는 제가 주군의 곁을 지키도록 하겠습니다."

설무백은 절로 이맛살을 찌푸렸다.

이거 잘하면 혹 떼려다가 혹 붙이는 경우가 될지도 모른다는 기분이 들었다.

"늘 그런 건 아니야. 오늘이 특별한 거지. 알았어. 오늘은 같이 가도록 하지. 나머지는 혹시 모르니 주변이나 훑어봐. 괜찮지?"

괜찮지 않아도 괜찮아야 할 것 같았다.

나머지 사람들을 둘러보는 그의 눈빛은 그처럼 위협적이었다.

공야무륵이 입을 다문 채 고개를 끄덕였다.

암중의 흑영과 백영이 수긍하는 기색을 드러냈다.

그때 철각사가 넌지시 말했다.

"백탑사는 예전부터 소림하원(少林下院)이라는 얘기가 도는 사찰이오. 물론 소림사는 인정하지 않고 있소만. 금불사가 백탑사 바로 옆에 지어진 것이 우연은 아닐 거요."

도가제일 무당파와 함께 무림의 태산북두로 불리는 불가제일 소림사의 체계는 무당파와 마찬가지로 내원(內院)과 외원(外院), 그리고 하원(下院)으로 구성되어 있었다.

장문방장 아래 직전제자들이 거하는 본산인 숭산의 소림사를 소림내원(少林內院)이라 하며, 세속의 제자들은 소림외원(少林外院), 분파격인 외부의 사찰들을 소림하원(少林下院)이라 부르는 것이다.

철각사의 말을 들은 설무백은 슬쩍 고개를 돌려서 약속대로 내내 입을 봉한 채 그림자처럼 따르고 있는 노용을 바라보았다. 그에 대해 설명을 요구하는 눈빛이었다.

노용이 반사적으로 고개를 저으며 말했다.

"본인은 그것에 대해서 들어 본 바가 전혀 없소!"

설무백은 기만으로 보이지 않는 노용의 태도에 절로 수긍하고는 지난 일을 상기하며 말했다.

"나름 꽤나 친분을 쌓은 종리매도 그에 대해서는 일언반구, 전혀 언급한 적이 없었어요. 그게 사실이라면 그만큼 극비라는 소리니, 굳이 밝히는 건 도리가 아니겠죠. 작금이 감추어 놓은 분파 한두 개로 바뀔 수 있는 세상도 아니고 말입니다."

철각사가 듣고 보니 동감한다는 표정으로 어깨를 으쓱이며 물러났다.

"그렇긴 하오. 소림의 분파가 아니라 소림이 직접 나서도 어쩔 수 없는 세상이지요. 본인 역시 달리 걱정해서가 아니요. 그저 예전에 돌던 얘기라 혹시나 대당가가 모를 수도 있다고 생각해서 해 본 말이었소."

"잘했어요. 제가 모르는 얘기예요. 그게 무엇이든 모르는 것

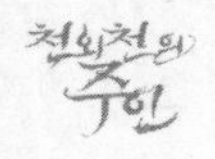

보다는 아는 게 낫죠. 참고할게요."

설무백은 가벼운 말투이긴 하나, 충분히 고맙다는 눈빛으로 철각사를 바라보며 대답하고 돌아섰다.

혈뇌사야가 붉은 안개로 변해서 그의 주변을 맴돌고, 요미는 바람처럼 소리 없이 그의 그림자 속으로 스며들어 갔다.

설무백은 그제야 고도의 은신술을 발휘해서 아무것도 없는 공간의 사각으로 몸을 감추고 능선을 내려가서 금불사의 담을 넘어 들어갔다.

금불사의 영내에서는 법회(法會)가 벌어지고 있었다.

대웅전의 여덟 칸 미닫이문이 활짝 열려 있고, 그 앞에 수많은 승려들이 질서 정연하게 도열해서 요란한 범패(梵唄) 소리 사이로 염불을 외고 있었다.

"나무관세음보살마하살(南無觀世音菩薩摩訶薩 : 관세음보살 큰 보살님께 귀의합니다), 나무대세지보살마하살(南無大勢至菩薩摩訶薩 : 대세지보살 큰 보살님께 귀의합니다)……!"

무엇을 기원하는 법회인지는 몰라도, 지금 벌어지는 이 법회가 오늘 저녁 불자들의 방문을 받지 않는 이유일 텐데, 제법 성대한 법회였다.

노랗고 빨간 깃발과 연등이 대웅전의 처마와 이어져서 줄줄이 길게 늘어졌고, 주변에는 다시금 오색의 연등과 종이로 만든 코끼리 등이 늘어져서 장방형의 선을 이루고 있었다.

바로 그 오색등불 안에서 얼추 백여 명의 승려들이 질서 정연하게 도열한 채로 대웅전 안에서 들려오는 목탁 소리에 맞추어 염불을 외고 연신 합장을 하며 절을 하고 있는 것이다.

'이건 이목을 가리려는 핑계일 테고……!'

핑계라도 매우 그럴 듯한 핑계였다.

설무백의 시선에 얼핏 들어온 대웅전 안에는 등불을 반사해서 휘황한 금빛을 뿜어내는 금불상(金佛像)이 자리해 있었다.

검게 칠한 머리를 제외하면 온통 싯누렇게 번쩍이는 금으로 주조되어 불상이었다.

불가의 전통에 따라 반쯤 감겨져 있는 눈에서 푸르스름한 빛이 은은히 뿌려지는 것으로 봐서 눈동자에 보석을 박아 놓은 듯했다.

그래서 정교하고 아름다운 금불상의 용모가 가뜩이나 살아 있는 것처럼 더욱 신비스럽고 절로 장엄하게까지 느껴졌다.

설무백은 그제야 깨달았다.

오늘의 법회는 바로 금불사에 새로 모셔진 불상의 봉헌식(奉獻式)이었다.

금불사에 진짜 금불(金佛)이 모셔지는 것이다.

'돈 좀 쓰셨네.'

설무백은 이제야말로 왕인의 말이 전적으로 사실임을 인지했다.

일개 사찰을 다른 누군가와 비밀스러운 만남의 장소로 활용하기 위해서 금불상을 헌납할 정도의 인물은 세상에 그리 많지

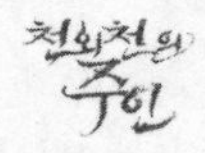

않았다.

난세를 지나고 있는 작금의 세상에서는 더욱 그렇다.

하지만 이러쿵저러쿵 해도 상대가 작금의 세상을 가진 사람이라면 얘기가 달라진다.

분명 이번 일은 황제가 나섰다는 결론인 것이다.

"나무천수보살마하살(南無千手菩薩摩訶薩 : 천수보살 큰 보살님께 귀의합니다), 나무여의륜보살마하살(南無如意輪菩薩摩訶薩 : 여의륜보살 큰 보살님께 귀의합니다)……!"

설무백은 졸지에 굴러들어온 복덩어리에 한없이 기뻐하며 속으로는 염불 대신 부처님의 가호에 감사할 금불사 주지의 기분을 대변하듯 구성지게 울리는 염불을 뒤로한 채 대웅전을 돌아갔다.

일반적인 사찰의 구조는 시대별로 약간의 차이가 있긴 하지만, 어느 시대에나 산문인 일주문을 지나면 반드시 스님들의 사리(舍利)나 유골을 안치하는 묘탑(墓塔)이 자리한 부도전(浮屠田)이 있는 것처럼 대웅전은 시대를 구분하지 않고 어김없이 사찰의 중심이 되는 장소에 자리한다.

따라서 시대별로 차이 나는 사찰의 구조는 대웅전의 뒤쪽과 그 주변의 대전과 전각들이다.

다만 어떤 시대라도 기본적인 틀이 바뀌는 경우는 드물어서 시대를 막론하고 대웅전의 뒤쪽으로는 법신불(法身佛)과 보신불(報身佛), 응신불(應身佛) 등인 삼신불(三身佛)을 모시는 불전(佛殿)이

자리한다.

그리고 그 뒤쪽으로는 중생을 병고에서 구제하시는 약사유리광여래(藥師琉璃光如來)를, 일명 약사여래(藥師如來)를 모신 약사전(藥師殿), 미래의 부처님인 미륵불(彌勒佛)을 모신 미륵전(彌勒殿), 중생을 교화하는 지장보살(地藏菩薩)과 함께 명부의 시왕을 함께 모시는 지장전(地藏殿), 석가모니의 제자들 중에서 아라한과를 성취한 성인인 나한을 모시는 나한전(羅漢殿) 등의 불전들이 분포되어 있는 것이 보통이다.

해우소(解憂所 : 변소)를 포함한 각종 요사(寮舍 : 사찰 경내의 문을 제외하고 스님들이 생활하는 건물의 통칭)들이 경내의 요소요소마다 분포되어 있는 것과 산신령을 모시는 산신각(山神閣), 용왕을 모시는 용신각(龍神閣), 칠성님을 모시는 칠성각(七星閣) 등, 토속신앙이 불교에 포섭되어 지어진 건물들이 사찰의 가장 깊숙한 후미에 자리하고 있다는 것도 시대와 상관없이 기본적으로 변하지 않는 사찰의 구조이고 말이다.

그게 사찰에서 이른바 전(殿)과 각(閣)의 구분이다.

불보살(佛菩薩 : 부처와 보살)을 봉안한 건물은 전으로 부는데, 각은 그보다 격이 낮은 건물을 의미하는 것이다.

그런 면에서 볼 때, 금불사의 경내는 일반적은 사찰의 구조와 일치하는 형태로 축조되었다.

다만 한 가지 이상한 점이 있었다.

외부에서 보는 것과 달리 경내의 영역이 매우 협소하다는

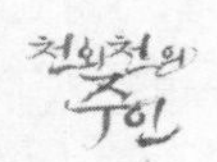

느낌이었다.

설무백은 그 이유를 어렵지 않게 찾아냈다.

대웅전 뒤로 자리한 경내의 모든 건물이 금불사가 차지한 면적에 비해서 적잖게 전방으로 밀집되어 있었다.

아무래도 금불사의 후원 깊숙한 곳에 대규모 비밀 공간이 조성되어 있고, 그곳이 동창의 본거지라는 얘기가 돈다는 왕인의 말이 사실인 것 같았다.

그것이 사실이 아니라면 이런 식의 비상적인 건물의 배치를 달리 설명할 방법이 없었다.

그러나 아쉽게도 설무백에게 그걸 확인할 수 있는 기회는 주어지지 않았다.

토속 신을 모시는 전각들이 여기저기 분포되어 있는 지역의 후방에는 드넓은 정원이 꾸며져 있고, 중앙을 차지한 연못을 가로지른 구름다리 너머에는 거무튀튀한 빛깔이라 더욱 음침해 보이는 서너 개의 건물이 자리하고 있었다.

불전도 아니고, 요사로도 보이지 않는, 마치 거대한 창고처럼 보이는 건물이었다.

바로 그 건물 앞에 백여 명에 달하는 금의위 위사들이 사방을 경계하는 가운데, 다수의 사람이 운집해 있었다.

하나같이 검은 옷에 검은 가죽 장화를 신고, 머리에는 검은 죽립을 썼으며, 허리에는 검은 칼집에, 검은 손잡이라 온통 검정 일색의 복장인 사내들, 바로 동창의 제기들이었다.

설무백은 슬쩍 한손을 들며 제자리를 고수했다.

정원의 초입을 서너 장 앞둔 시점이었다.

더 이상의 접근은 불필요했다.

그는 그 자리에서도 그들 모두의 얼굴을 명확히 볼 수 있었고, 그들이 나누는 모든 얘기를 정확히 들을 수 있었다.

-도둑고양이가 된 것 같아서 기분은 별로지만, 뭐 어쩔 수 없지. 잠시 지켜보자고.

설무백가 전음으로 알리자, 혈뇌사야가 물었다.

-무엇을요?

-……!

설무백은 선뜻 대답하지 못했다.

그러고 보니 자신이 왜, 무엇 때문에 지켜보려고 하는 것인지 종잡을 수가 없었다.

뒤늦게 자신이 왜 이러는지를 깨달은 그는 쓴 미소를 지으며 말했다.

-내가 조금 더 믿고 싶은가 봐.

-황제를 말입니까?

-응.

-그럼 어쩔 수 없죠.

혈뇌사야가 바로 수긍해 주는 것으로 설무백의 기분을 충분히 이해했다는 생각을 드러냈다. 그러다가 이내 재우쳐 고개를 갸웃하며 어째 묘하다는 의혹을 표시했다.

—그건 그렇고, 저놈 저거 어째 제가 알고 있는 사도진악이 아닌 것 같네요. 그동안 무슨 기연이라도 얻은 것 같은 걸요?

마침 설무백도 같은 생각이 드는 참이었다.

지금 금의위의 위사들이 외각을 에워싸고, 다시 그 안에서 동창의 제기들이 비호하는 정원의 중심에서 두 사람이 마주하고 있었다.

그야말로 이제 막 자리를 잡고 앉은 모양새인데, 당금 황제인 주체와 쾌활림의 주인인 암왕 사도진악이 바로 그 두 사람이었다.

그런데 혈뇌사의의 말마따나 사도진악의 기도가 예사롭지 않았다.

원래 보통이 넘는 고수이긴 했으나, 지금 느껴지는 기도는 지난날 그가 알고 있던 기도와 전혀 달랐다.

말 그대로 천양지차, 전혀 다른 사람을 보는 것 같은 기분이 들 정도였다.

혈뇌사야가 다시 말했다.

—어디서 영약이라도 바리바리 처먹은 걸까요?

—글쎄……? 내막이야 어쨌든지 간에 대단하네. 체내의 마기가 전에 비해 곱으로 비약했어.

—그런 것도 느껴지십니까?

—응.

—신기하네요. 극마지체의 마기를 느낀다는 게 어떤 건지 전혀

감이 오질 않아서 말이죠.

—색이나 냄새가 짙어지는 차이랄까? 시야로 따지면 사발에 먹물을 한 방울 떨어트린 것과 병째로 부어 버린 것의 차이이고, 후각으로 따지면 식초를 한 방울 떨어트린 것과 병째로 부어 버린 냄새의 차이가 느껴지는 거지.

—…….

혈뇌사야가 잠시 말없이 뜸을 들이다가 이내 그냥 체념한 목소리로 말했다.

—그냥 척보면 안다는 거죠?

설무백은 제대로 이해하지 못하고 답답해하는 혈뇌사야의 기분이 느껴졌으나, 보다 쉽게 설명할 방법이 떠오르지 않았다.

신기원이라는 것은 그런 것이다.

느낄 수 있지만 말로 표현하기는 어려운 그 무엇이고, 지금의 그는 그런 신기원을 이룬 고수인 것이다.

—응. 아무래도 그렇게 이해하는 게 편하겠네. 쉿! 시작한다!

설무백은 못내 실소하며 전음을 날리다가 재빨리 말을 끊었다.

자리정돈이 다 끝났는지 땅바닥에 놓인 작은 의자에 앉은 황제와 그 앞에 한 무릎을 꿇은 사도진악의 대화가 시작되고 있었다.

황제가 물었다.

"그래, 일개 야인인 그대가 그리 애를 써서 짐과의 자리를 마

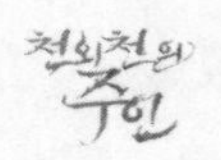

련한 이유가 뭔가?"

사도진악이 깊이 고개를 숙이며 대답했다.

"바라옵건대, 부디 이 천민에게 폐하를 곁에서 모실 수 있는 기회를 허락해 주십시오!"

황제 주체의 뒤에는 설무백이 친분을 가졌거나, 적어도 안면을 익힌 사람이 적지 않았다.

우선 바로 뒤에 삼엄한 모습으로 시립한 여덟 명의 사내들 중에 절반이 아는 사람이었다.

제독동창 조위문과 외람첩형 곽승, 장형천호 종리매, 이형백호 정소동(丁所動) 등, 동창의 요인들이었다.

그들의 곁에 있는 사람들도 그들만큼이나 범상치 않은 기도의 소유자들이었는데, 동창이 새롭게 증강했다는 전력들이거나 금의위의 위장일 터였다.

그뿐 아니라, 사전에 약속이라도 한 것처럼 황제의 뒤쪽과 마찬가지로 사도진악의 뒤에 시립한 여덟 명의 사내들 중 절반도 설무백이 아는 자들이었다.

쾌활림의 군사인 독심광의 구양보와 사도진악의 대제자인 비연검룡 마천휘, 그리고 흑사자들의 대형인 흑룡과 둘째인 흑표가 바로 그들이었다.

"……!"

설무백이 그들의 면면을 확인하는 그때, 사도진악이 한 무릎을 꿇으며 황제의 질문에 대답하는 그 순간에 그들, 모두가 안색을 굳히며 예사롭지 않은 눈빛으로 변했다.

다들 황제가 어떤 대답을 할지 이목을 집중하는 것으로 보이는 상황이었다.

그러나 설무백은 그보다 무언가 다른 느낌을 받았다.

작금의 상황에서 서로가 서로를 경계하는 것은 지극히 당연했고, 황제의 대답에 따라 오늘의 만남이 파투가 나거나 심한 경우 파국으로 치달을 수도 있으니, 모두가 극도로 예민해지는 것도 어쩔 수 없었다.

그런데 아무리 봐도 어째 정도가 너무 심했다.

이건 마치 무언가 논의하려고 회동을 가지는 것이 아니라 서로가 서로를 노리려는, 여차하면 누구라도 당장에 손을 쓸 것 같은 일촉즉발(一觸卽發)의 분위기였다.

다른 사람은 몰라도 설무백은 그것을 느낄 수 있었다.

그는 황제는 물론, 사도진악과 그 측근들에 대해서 누구보다도 잘 알고 있는 사람인 것이다.

지금 그의 눈에 들어온 그들의 반응은 서로 간에 마음이나 뜻을 모으려는 화합이 아니라 서로를 물어뜯으려는 속내를 감춘 대치로 보였다.

그리고 그건 그들의 배경으로 자리하고 있는 주변의 금의위 위사와 동창의 제기들이 지금 이 순간에 드러내는 아니, 애써 억누르고 있는 적의로 인해 더욱 그렇게 느껴졌다.

'이거 혹시 만남 자체가 기만인 건가? 서로가 서로를 노리려

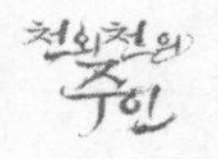

는 술수?'

설무백은 내심 고개를 저으며 부정했다.

아직은 확신할 수 없었다.

적의는 상대적인 감정이었다.

애초에 내게 없던 적의도 상대의 적의를 느끼면 절로 일어나는 것이 적의였다.

지금 보이는 상황만으로는 애초에 누가 누구에게 적의를 가지고 있는 건지 단정할 수 없었다.

황제 등의 적의에 사도진악 등이 반응한 것일 수도 있고, 사도진악 등의 적의에 황제 등이 반응한 것일 수도 있는 것이다.

'조금 더 일찍 와서 상황을 살필 걸 그랬나?'

설무백이 내심 못내 자책하는 그때, 빙그레 웃는 낯으로 사도진악을 바라보며 잠시 뜸을 들인 황제가 불쑥 물었다.

"짐이 그대를 곁에 두면 무슨 이로움이 있나?"

사도진악이 기다렸다는 듯이 바로 대답했다.

"우선 변방을 어지럽히며 중원을 노리는 오랑캐들을 막아드리겠습니다."

황제가 웃었다.

"그것 참 흥미로운 제안이군."

그리고 재우쳐 물었다.

"그럼 그대가 짐의 곁에 있어서 얻는 이로움은 무엇인가?"

사도진악이 고개를 숙인 채 말했다.

"강호 무림을 저에게 주십시오."
황제가 웃었다.
정말 재미있다는 웃음이었다.
그 상태로, 그가 자신의 기분을 드러내며 말했다.
"재미있군. 누구는 짐에게 강호 무림은 짐의 것이 아니니 나서지 말아 달라고 부탁하던데, 그대는 강호 무림이 짐의 것인 것처럼 달라고 하는군그래."
"……!"
슬쩍 고개를 들어서 황제를 쳐다보는 사도진악의 표정이 사뭇 굳어졌다.
그러다가 이게 아니다 싶은지 이내 표정을 풀며 다소곳이 대답했다.
"무림인이라고 충효의 법칙에서 벗어난 종자들이 아닙니다. 엄연히 하늘에서 사는 게 아니라 나라의 은혜를 입으며 황토(皇土)에 살고 있으니까요. 저 역시 무림인이라 거칠고 투박하긴 해도 삼강오륜(三綱五倫)을 모르지는 않습니다, 폐하."
황제가 짐짓 이맛살을 찌푸리며 말했다.
"그럼 짐에게 강호 무림의 일에는 나서지 말라는 그자는 참으로 무식하고 무지한 자라는 소리군. 삼강오륜조차 모르는 무뢰한이니 말이야. 아니 그런가?"
사도진악이 슬쩍 황제의 기색을 살폈다.
지금 황제의 말이 진심인지 아니면 다른 뜻을 내포하고 있

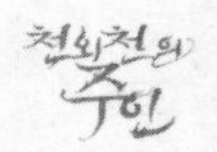

는 말인지 살피는 것 같았다.

황제가 그런 그의 태도와 무관하게 혼잣말로 투덜거렸다.

"하긴, 나이도 어린 것이 건방지긴 했어. 짐의 속도 모르고 감히 면전에서 그따위 언사라니, 너무 시건방지지 않나."

황제의 말을 들은 요미와 혈뇌사야가 슬쩍 고개를 내밀어서 설무백을 쳐다보았다.

설무백은 소리 없이 실소하다가 이내 눈총을 주었다.

-보면 몰라? 그냥 별 뜻 없이 하시는 말이야!

요미가 놀리듯이 초롱초롱한 눈으로 쳐다보며 대꾸했다.

-봐도 모르겠는데요? 그냥 별 뜻 없이 하시는 말씀치고는 워낙 지지하셔서……?

혈뇌사야도 그녀와 같은 생각을 드러냈다.

-정말 그렇다면 연기를 아주 잘하네요. 늙은 제 눈에도 진심으로 보이니 말입니다.

설무백은 쓰게 입맛을 다셨다.

-원래 속을 모를 분이긴 하지.

혈뇌사야가 말꼬리를 잡았다.

-그건 지금 저게 진짜일 수도 있다는 뜻입니다만?

설무백은 못내 같은 생각이 들어서 짧게 인정했다.

-그렇지.

요미와 혈뇌사야의 안색이 굳어졌다.

정작 설무백이 인정해 버리자 이제는 걱정이 되는 것이다.

그때 황제의 눈치를 살피던 사도진악이 넌지시 물었다.

"그 건방진 야인이 누굽니까. 말씀하시면 소인이 쥐도 새도 모르게 처리해 드리겠습니다."

진심이라기보다는 넌지시 황제를 떠보는 것 같았다.

그 역시 황제의 말을 반신반의하고 있는 것이다.

그런데 그게 실수였다.

황제는 그가 생각하는 것보다 훨씬 더 종잡을 수 없는 사람이었다.

곧바로 드러낸 황제의 태도가 그에게 그것을 알려 주었다.

"지금 그대는 짐에게 그만한 능력이 없다고 생각하는 것인가?"

미소를 띤 얼굴이었고, 부드러운 목소리였으나, 느낌은 전혀 그렇지가 않았다.

오뉴월에 내린 서릿발처럼 싸늘하기 짝이 없는 기운이 주변의 공기를 얼리고 있었다.

사도진악이 다급히 고개를 숙였다.

"아, 아니, 소인은 그런 마음이 아니라……!"

"그럼 어떤 마음이라는 건가?"

"그, 그게 소인은 다만……!"

황제의 음성은 여전히 부드러웠으나, 사도진악은 진땀을 흘리며 말을 더듬고 있었다.

"폐, 폐하의 곁을 지키고자 하는 사람으로서 감히 폐하를 기

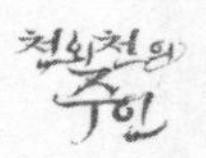

망하는 그자를 용서하기 어려운 마음에 그만……! 주제넘었다면 너그럽게 용서해 주십시오, 폐하!"

황제가 가타부타 말없이 웃으며 고개를 끄덕였다.

주변의 그 누구도 무슨 속내인지 파악할 수 없는 반응이었다.

'정말 대단하네!'

설무백은 실로 감탄했다.

그럴 수밖에 없는 것이, 그가 아는 사도진악은 타고난 냉혈한이면서도 좀처럼 평정을 잃는 경우가 없는 목석이요, 그 누구 앞에서도 주눅 들지 않는 강심장이었다.

그런데 지금의 사도진악은 마치 그가 아는 사도진악이 아닌 것처럼 평정심을 잃은 모습으로 흔들리고 있었다.

작금의 상황이 그만큼이나 황제의 뜻대로 좌지우지되고 있다는 방증이었다.

'그나저나, 대체 무슨 생각이신 건지……?'

일단 무게중심은 왕인의 우려처럼 토사구팽이라는 식의 배척이나 배신 따위로 기울지 않았다.

지금 그의 눈에 들어온 황제 주체는 적어도 지금까지는 그런 것과 거리가 먼 행동을 보이고 있었다.

"짐이 괜한 오해를 했군그래. 짐을 위하는 마음으로 그런 거라면 어디 탓할 수 있나."

사도진악이 깊이 고개를 숙였다.

"황공하옵니다, 폐하!"

황제가 천만에 말이라는 듯 손사래를 쳤다.

그리고 기꺼운 표정으로 웃으며 넌지시 말했다.

"그건 그렇고, 그럼 이제 과연 그대가 무엇으로 어떻게 변방을 어지럽히며 중원을 노리는 오랑캐들을 막겠다는 것인지 어디 한번 들어 볼까?"

그야말로 쥐락펴락하는 모습이었다.

상대의 실수를 가없는 기세로 꼬집어서 납작 엎드리게 만들어 놓고, 부드럽게 원하는 것을 요구하는 것이다.

'형님의 기상과 위엄은 익히 아는 바지만, 아무리 그래도 사도진악이 이렇게까지 휘둘리나?'

설무백은 어째 이건 아니다 싶고, 왠지 모르게 자신이 무언가 놓치고 있는 것은 아닌지 의심이 들었다.

그러나 그걸 따져 볼 여유는 없었다.

사도진악이 말하고 있었다.

"몽고족을 통일한 타타르족의 칸은 푸른 이리 징기스칸의 혈통임을 자랑하는 아르게이이고, 그자는 맹수처럼 호전적인 성격을 타고난 야망가이자, 포악한 포식자로……!"

"저기……."

황제가 귀찮다는 듯이 귀를 후비며 잘라 말했다.

"내가 아는 얘기 말고 모르는 얘기는 없나?"

"아, 예……!"

사도진악이 찔끔하며 재빨리 말문을 돌렸다.

"아무튼, 그래서 아르게이는 몽고족을 통일한 자신의 힘을 과시하기 위해서라도 필시 중원을 넘볼 텐데, 제가 그자가 가진 한 가지 약점을 알고 있습니다."

"아르게이의 약점?"

황제가 관심을 보였다.

설무백이 보기에 가식이나 기만이 아닌 진짜 관심이었다.

무언가에 집중하면 한쪽 눈이 절로 좁아지는 황제의 습관이 지금 이 순간 여실히 드러나고 있었다.

사도진악은 그걸 아는지 모르는지 바로 이어진 질문에 반색하며 대답했다.

"천산파입니다. 폐하께서 아시는지 모르겠지만, 천산파는 몽고족에게 막대한 영향력을 행사하는 방파입니다. 실례로 아르게이는 바로 천산파의 장로인 라난 솔룽가의 무기명제자입니다. 다시 말해서 아르게이는 천산파의 지지를 얻기 위해서 타부족 출신의 제자가 되면서까지 천산파에 고개를 숙인 겁니다. 그런데 말입니다."

그는 문득 의미심장한 미소를 지으며 의문을 제시했다.

"만에 하나, 천산파가 중원을 침공하려는 아르게이의 야망에 반대하면 어찌 될까요?"

답이 정해진 질문이었다.

황제는 그걸 알고 한 단계 넘어서서 물었다.

"그대가 천산파를 움직일 수 있다는 건가?"

사도진악이 자신만만한 미소를 입가에 떠올렸다.

그리고 감히 그 누구도 예상하지 못한, 그들의 대화에 귀를 기울이던 설무백마저도 상상하지 못한 대답을 내놓았다.

"예, 그렇습니다! 지금 모처에서 천산제일인 악지산과 천산파의 대장로인 천산금마 단이자가 폐하를 뵙기 위해 기다리고 있습니다!"

황제의 안색이 굳어졌다.

적잖은 충격에 휩싸인 눈치였다.

이렇게 저렇게 별별 가상을 다 해 보았지만, 그 속에 이건 없었던 것 같았다.

설무백도 그랬다.

이건 정말 머리를 한 방 맞은 것과 같은 충격이었다.

설마하니 천산제일인을 대기시켜 놓았을 줄이야 그가 어찌 상상이라도 할 수 있었을 것인가.

—이거 잘하면 넘어가겠는데?

정말 흥미롭다는 요미의 의견이었다.

그 뒤를 따라서 혈뇌사야도 부정적인 의견을 내놓았다.

—어지간해도 넘어가고 싶은 제안이군요.

설무백의 생각도 같았다.

그래서 황제가 대답을 하기 전에 먼저 나서는 것이 좋겠다는 생각이 들었다.

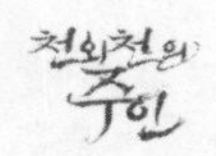

그러나 그는 나서지 않고 버텼다.
지금 그가 나서는 것은 이러니저러니 해도 역시나 황제를 믿지 못하고 있다는 뜻이 되기 때문이다.
그때 황제가 말했다.
"와, 정말 훅 들어와서 확 당기네."
그러고는 사도진악을 향해 피식 웃으며 덧붙였다.
"그래도 안 되는 건 안 되는 거야!"
사도진악이 어리둥절해했다.
황제가 그게 아랑곳없이 자리를 털고 일어나며 뒤에 시립해 있는 제독동창 조위문과 장형천호 종리매 등을 향해 말했다.
"이제 들을 거 다 들었으니까, 죽이든 살리든 마음대로 해!"
말이 끝나기도 전에 행동이 시작되었다.
아무런 사전 동작도 없이 조위문과 종리매를 비롯한 동창의 고수들이 신형을 날렸다.
사도진악을 향해서였다.
장내는 순식간에 아수라장으로 변해 버렸다.

다음 권으로 이어집니다

One for all
원포올

일라잇 스포츠 장편소설

작렬하는 슛, 대지를 가르는 패스
한계를 모르는 도전이 시작된다!

축구 선수의 꿈을 품은 이강연
냉혹한 현실에 부딪혀 방황하던 중
운명과도 같은 소리가 귓가에 들어오는데……

당신의 재능을 발굴하겠습니다!
세계로 뻗어 나갈 최고의 축구 선수를 키우는
'One For All' 프로젝트에, 지금 바로 참가하세요!

단 한 번의 기회를 잡기 위해
피지컬 만렙, 넘치는 재능을 가진 경쟁자들과
최고의 자리를 두고 한판 승부를 벌인다!

실력만이 모든 것을 증명하는
거친 그라운드에서 당당히 살아남아라!

기갑천마

거짓이슬 퓨전 판타지 장편소설

종말을 막지 못한 절대자
복수의 기회를 얻다!

무림을 침략한 마수와의 운명을 건 쟁투
그 마지막 싸움에서 눈감은 무림의 천하제일인, 천휘
종말을 앞둔 중원이 아닌 새로운 세상에서 눈을 뜨는데……

"천휘든 단테든, 본좌는 본좌이니라."

이제는 백월신교의 마지막 교주가 아닌 평민 훈련병, 단테
그럼에도 오로지 마수의 숨통을 끊기 위해
절대자의 일 보를 다시금 내딛다!

에이스 기갑 파일럿 단테
마도 공학의 결정체, 나이트 프레임에 올라
마수들을 처단하고 세상을 구원하라!